イリュミナシオン　ランボオ詩集

金子光晴訳

第一詩集

Sensation《サンサシオン》

夏の爽《さわ》やかな夕、ほそ草をふみしだき、
ちくちくと穂麦の先で手をつつかれ、小路をゆこう。
夢みがちに踏む足の、ひとあしごとの新鮮さ。
帽子はなし。ふく風に髪をなぶらせて。

話もしない。ものも考えない。だが、
僕のこのこころの底から、汲《く》めどもつきないものが湧《わ》きあがる。
さあ。ゆこう。どこまでも。ボヘミアンのように。
自然とつれ立って、——恋人づれのように胸をはずませ……

牧神の頭《ニ》

緑に金《きん》をまきこぼした宝石筐《ばこ》、しげみの葉蔭《はかげ》から、
接吻《くちづ》けて眠るによい場所、花々をいっぱいつけて、
揺れてさだめないしげみの葉蔭から、
目もあやなそのぬいとりを、たちまち引き裂いて、

とまどった牧神《フォーン》のあたまがぬっと現われ、双《ふた》つの眼をきょろつかせ、
まっ赤な花を手あたりしだい、白い歯牙《しが》にかけて嚙《か》みさいた。
甕酒《みかざけ》の血でもぬられたように、鳶《とび》いろに輝くその唇が、
さしかわす枝々のしたで、からからとわらった。

それから、栗鼠《りす》のすばやさで身をかくしたが、
笑いは、葉の一枚ずつにのこって、おののいていた。
飛び立つ鷽《うそ》におどろかされたあとで、金の接吻の森は、

しばしは、ふかいものおもいにとらわれていた。

ソネット

ボナパルト党員で[三]、共和党の七十歳代のフランス人たち。君たちは、
九十二年[四]の祖父たちのことをおもいうかべてみるがいい。
ポール・ドゥ・カッサニヤックの「国家」より

九十二年と九十三年の戦死者諸君。
〝自由〟の接吻の烈しさで、ふるいたった君たちは、
全人類の頭上に、魂にのしかかる軛《くびき》を、ものともせず、
木靴の底でふみ砕いた。

動乱のまっただなかにおのれを投げ出した偉大な君たち。
ぼろのしたに、愛の火をとび跳《は》ね、おどらせていた君たち。
なじみふかい畦《あぜ》や畝《うね》のいたるところに、もう一度よみ返らせるつもりで、
おお、けだかい愛人の〝死〟が、君ら兵士たちをばら播《ま》いた。

穢《けが》された尊厳を、わが血で洗いきよめた人たち。
ヴァルミーの戦死者よ。フルーリュの戦死者よ。イタリーの戦死者よ。[五]
君ら。憂わしくもやさしい瞳《ひとみ》をした百万人のキリストよ。

丸太棒で脅かされるように、王権のもとで屈従していた僕らは、君たちを
〝共和国〟の礎のもとに永眠させた。
カッサニヤックの人たちが、君たちのことを、僕にくり返し、くり返し話してくれた！

びっくりしている子供たち

夕靄《ゆうもや》が濃い。雪もちらちら降りだして、
窖《あなぐら》のあかあかとした風抜窓の外べりに
のぞきこんでる黒い影。うしろむきに並んだそのお尻。

一人、二人、五人の子供がひざまずいて、いじらしいじゃないか、
なかでパン屋のおやじさんが、こんがりと、
でっかいパンをやきあげる手先をじっとながめている。

おやじさんは、強そうな、まっ白な腕をまくりあげ、
鼠《ねずみ》いろの捏粉《こねこ》を上手に、かたちにして、
燃えさかる竈《かまど》の穴に、ひょいと入れる。

パンの焼けるうまそうな音にきき惚《ほ》れて、

おやじさんは、にったりほほえんで、
若い頃のはやり唄《うた》を、鼻でうたいだす。

子供たちはしゃがんだまま、身じろぎ一つするものはない。
母さんのおっぱいのようにあったかい、
パン焼き部屋の火照《ほてり》でからだがとけそうだ。

菓子パンふうに手のこんだ
おあつらえの特製パンが
焼けあがって竈から出されるとき、

まっ黒に煤《すす》でくすぶった梁《はり》のしたで、
香《こう》ばしいパンの皮と
蟋蟀《こおろぎ》がつれて歌うとき、

熱い穴からふきつける生命《いのち》の息吹《いぶき》で、
ぼろでつつんだ子供たちのこころが
夢中になって、我を忘れてのり出して、

ほんとうに、生きてる甲斐《かい》を感じていた。
ふりつのる雪の六花で蔽《おお》われて、
あわれな五人のキリストは、

まっ赤に凍えた小さな鼻を、
鉄の格子におしつけて、
なにか、ぶつぶつ呟《つぶや》いている。

しまった！ 目《ま》のあたりの天国
光まばゆさに目がくらみ、
あんまりかがみ込みすぎたので、

半ズボンのお尻がびりっと裂け、
ぼろシャツのまくれあがったはしが、
寒風にびらびらひらめいているよ。

谷間に眠るもの

立ちはだかる山の肩から陽《ひ》がさし込めば、
ここ、青葉のしげりにしげる窪地《くぼち》の、一すじの唄う小流れは、
狂おしく、銀のかげろうを、あたりの草にからませて、
狭い谷間は、光で沸き立ちかえる。

年若い一人の兵隊が、ぽかんと口をひらき、なにも冠《かぶ》らず、
青々と、涼しそうな水菜《みずな》のなかに、頸窩《ぼんのくぼ》をひたして眠っている。
ゆく雲のした、草のうえ、
光ふりそそぐ緑の褥《しとね》に蒼《あお》ざめ、横たわり、

二つの足は、水仙菖蒲《すいせんしょうぶ》のなかにつっこみ、
病気の子供のような笑顔さえうかべて、一眠りしているんだよ。
やさしい自然よ。やつは寒いんだから、あっためてやっておくれ。

いろんないい匂いが風にはこばれてきても、鼻の穴はそよぎもしない。
静止した胸のうえに手をのせて、安らかに眠っている彼の右横腹に、
まっ赤にひらいた銃弾の穴が、二つ。

戸棚

唐草《からくさ》彫りの、見るからどっしりとした戸棚。燻《くす》んだ槲材《かしわざい》。
それに、よほどの時代もので、善良な年寄りとでもいった見つきだ。
この戸棚をひらくと、くらい奥の方から、
古葡萄酒《ふるぶどうしゅ》を注《つ》ぐおりの、ひきこまれるような芳香がそこはかとなく立ちのぼる。

戸棚のなかはぎっしりで、雑然と、手のつけようもない古着類。
黴臭《かびくさ》く、やけて黄色っぽい下着類。女や子供のどうにもならぬ着ふるしや、
見るかげもなく捩《よ》れたレース類。
禿鷲《はげわし》の模様のついた祖母の肩掛など。

すみずみをさがしていると、出てくるものは、
なつかしい装身具。金髪のぬけ毛、白髪のぬけ毛、若い日の写真。
または、どこからか果実《くだもの》の匂いをはこんでくる、おもいでの日に摘んだ花。

おお。むかしむかしの古戸棚よ。たくさんな思い出話を君は知っている！

どうやら、それが話したくてがまんのならぬ様子だね。

ほら。つやのかかった重たいその扉《と》をそっと開けたてするごとに、きいときしんで御催促だ。

わが放浪

僕はでかけた。二つの拳《こぶし》は、破れたポケットにつっ込んだまま。
外套《がいとう》も、この上なしのすりきれかた。
大空のしたをゆく僕は、ミューズ[六]よ、君の忠僕だった。
おお、ら、ら。僕が夢みたのは、眩《まば》ゆいばかりの愛だった！

かけがえのない半ズボンには、大穴が一つあいていた。
夢をみる、小さなプーセ[七]のこの僕は、ゆく道々で韻をひろった。
僕の旅籠《はたご》は、大熊星座。
空では星どもが、さらさらとやさしい衣《きぬ》ずれの音をさせた。

僕はまた、道のほとりにしゃがみこみ、
この爽《さわ》やかな九月の宵、僕のおでこに、
延命の美酒、夜つゆのしずく音をきいた。

架空な物影のまんなかで韻をあわせながら、
あげた片足を胸にあてて僕は、
竪琴《たてごと》気取りに、破れた半靴の二本のゴム紐《ひも》をぴんと引っぱった。

税関吏

神の御名を口に出し、救いたまえとすがるものども、
陸海の軍人たち、帝国の余党、敗残のやからは、
国境の青空を、大きな斧《おの》でただ一撃に切りはなつ
税関吏の前に出ては、いやはや、全くなすすべがない。

パイプを横にくわえ、手にはサーベル、沈着でたのもしげなその税関吏らは、
牛の鼻面からひく涎《よだれ》のように、黒影を、森がひきずる時刻になると、
鎖をつけた犬を先に立て、
深夜の冒険をこころみに出かける。

現代の法律の世に彼らは、牧神《フォーン》を登場させ、
時には、ファウスト[八]を、また、ディアボロ[九]を引っ捕えて言う。
《言う通りにしなさい。お年寄りたち。その荷物をおろしなさい》

――また、わだかまりなく若者たちに近づきながら税関吏は、検閲する魔ものにじいっと眼をそそぐ。

掌《たなごころ》がちょっとさわっただけで、違反者は、それこそ地獄行きだ！

しゃがむ

胃のあたりがきりりとさし込むので、朝おそくまで、
兄弟カロチュスは、天窓からじかに照りつける
磨《みが》き立ての鍋そのままのくらくらする太陽で、
偏頭痛はするし、眼はだらんと魚の切身のようになって、
敷布のなかで坊主腹をのたうたせる。

鼠《ねずみ》いろの毛布《ケット》のしたで、悶《もだ》え、くるしみ、やっこさん。
食いものにとびつく年寄りみたいにあわてふためいて、
波うつ腹にくっつくまで膝をかがめる。
しっかりと白い溲瓶《しゅびん》の柄《え》をにぎって、
シャツの裾《すそ》を腰のうえまでまくらねばならないからだ。

それから、この寒がりやさんは、足指かじかませて、しゃがみこんだ。

窓の貼紙《はりがみ》を、黄色い麵麭《パン》菓子色にする
かっとした陽ざしのなかで、ふるえながら、
このお人好しの、ラックのようにてらてらした鼻は
光のなかで、ひくひくうごめく。まるで肉でできた珊瑚樹《さんごじゅ》だ。

＊

　お人好しどのは、腕を組み、渋面つくり、
まるで、とろ火にかけられてるような案配だ。両股《りようもも》が、かっかと火照《ほて》り、一しきり、
股引《ももひき》が焦げつきはせぬかとおもったが、やがて、火皿の火も消えて、
からりとなった腹のなかに、臓物ようのものが一片
小鳥のように、わずかことんとうごく。

　見回せば、あたりは雑然として、役にも立たないがらくたが積みかさなり、
垢《あか》まみれなぼろのなか、うす穢《ぎた》ない腹のうえにうずくまって
奇妙な蟇《ひきがえる》や、円椅子《まるいす》が、くらい片蔭《かたかげ》からこっちをうかがう。
厨戸棚《くりやとだな》はさながら、たらふく食って眠気《ねむけ》さし半分開《あ》いた
歌うたいの大口だ。

狭い部屋じゅうにむんむみなぎる温気《うんき》。
お人好しの頭のなかは、ぼろ屑《くず》でいっぱい。
しめっぽい膚《はだ》から立ちあがる毛の音をきき、
ひょうきんな、とほうもない大きなくしゃみをして彼は、
跛《びっこ》の椅子をおしのけて、身をのがれる。

＊

日が暮れて、まくった尻《しり》と上体のつぎ目を照らす
昼をあざむく月光に、
うずくまる人の手にとるようなその影は、
ばら色のふか雪に咲く一もとの花立葵《たちはなあおい》。
ファンタジックに、鼻はヴィナスをもとめて夜空のはてをくんくんと嗅《か》ぐ。

腰かけているもの

黒ずんだ、みすぼらしい肉瘤《にくこぶ》、眼のふちは窪《くぼ》んでくらく、
膝のうえに根を生やして、痙攣《けいれん》するその指先。
ふるい土壁の癩病《らいびょう》じみたくずれに似て、
言いようもないいやらしさのひろがるその顔面。

彼らの奇妙な骨格と、彼らの椅子の黒々とした大きな骨組みとは、
癲癇《てんかん》同士の親愛で、一体につづき、
彼らの足は、佝僂病《くるびょう》の椅子の脚に、
朝な、夕な、からみあうのだった。

この老人たちはいつでも、膚にしみ入る陽光を追って、
その椅子を一つによせた。
雪の消えた窓越しに恐る恐るの眼は、

苦しみをじっとこらえておののいている蟾蜍《ひきがえる》の眼。

老人たちには、椅子こそ極楽なのだ。
彼らの腰で、床藁《とこわら》は隅《すみ》におし出され、くすみかえっているが、
穀粒をみのらせた穂束に抱かれていると、
むかしの日のぬくみがこころに戻ってくる。

二

膝に歯がくっつきそうに腰が曲っても、うでにおぼえのピアニストどのは、
太鼓のようなやかましさで、椅子の脚を十本の指で叩《たた》いては、
あわれ、ゴンドラの舟唄のひたひたとよせてくるのをきいている。
頭のなかでゆすぶっているのは、滓《かす》しかのこらぬふるい恋。

老人たちをさますまいよ！ 船は洲《す》に乗りあげてしまったのだ……。起こしたが最後、
蹴《け》とばされた野良猫のように、ううと唸《うな》って
肩を張り、近よってくるさまは、おお、まるで恐水病だ！
膨張した彼らの腰といっしょに、彼らのズボンもふくれあがる。

はげた頭を暗い壁にぶっつけ、

ねじれた足でばたつく物音をきけ。
彼らのきものの釦《ボタン》さえ、廊下のくらいすみっこから
ねらっている灰色の瞳《ひとみ》のように見える。

ついには、彼らのかくれた殺戮《さつりく》の手が……。
それとなく投げる彼らの視線にも、殺される牝犬《めすいぬ》の悲しげな一瞥《いちべつ》をこめて、
陰惨な毒気を僕らに滲《し》みこませる。
はげしい漏斗にとりこめられ、僕らはぐっしょり汗をかく。

きたない袖口に手先をひっこめて坐り、
じぶんをおこしたあいてのことをおもいなやむ。
そして、明けがたから眠るまで、扁桃腺《へんとうせん》のおちんこが、
あわれな顎《あご》のしたで、おしつぶされそうになっては揺れる。

急に睡魔がおそいかかると、すこしのこらえもなく、上まぶたが垂れさがり、
ぶかぶかな椅子の腕木にぐったりして、
椅子の上のみに限られた、真実こもった、ささやかな愛を夢みる。
狂人じみた沙汰《さた》などは、もう、影も止めぬ。

句点のかたちの花粉を吐きちらすインキの花々が、
水仙あやめの茎でゆられる蜻蛉《とんぼ》のように、
老人たちを、花萼《うてな》で眠らせる。
——彼らの手足をちくちくさせる藁《わら》の髯《ひげ》。

夕ぐれどきのことば

床屋さんに頭《あたま》をまかせた天使とでもいったぐあいに、おちつきはらって、僕は、腰を据え、
みぞつきのビールコップを片手に握りしめ、
下腹をつきだし、反《そ》りかえって、口にはパイプをくわえていた。
いつまでも、帆布のように頭からかぶさりかかる陰気な空。

ふるい鳩舎《きゅうしゃ》の熱い糞《ふん》のように、
内部《うち》なるたくさんな夢が、ほどよく僕をやけどさせ、
しだいに、僕のふれやすい心は、溶けて流れる金塊の血みどろにふり濺《そそ》ぐ若葉影の
しなやかな柳の枝に似てくるのだ。

そうして、数々の夢を、心をこめて飲みほすうち、
すでに、三、四十杯のビールをからっぽにして僕は、身をよじり、
排泄《はいせつ》のやむにやまれぬ要求で、おもい煩ろうた。

かわみどり、せいよう杉よりもすんなりとしたおん主《あるじ》の寛大をわがこころとして、
遠い夜空へ、たかだかと僕は放尿する。
——すばらしいぞ。ヘリオトロープも、大音で助勢しようとは。

巴里の軍歌

すてきな春だ。それというのも、
緑かがやく巴里《パリ》をまんなかに、
チエールやピカール[一二]の業績が、
光栄、かくれもないからだ！

おお、五月。臀《しり》まであらわな大うかれ！
セーブル、ムードン、バニュー、アスニエールの森々[一三]よ。
到来の春の景物が
まきちらされる騒ぎをきくんだ！

蠟燭入《ろうそくい》れの古箱こそないが、
軍帽も、サーベルもある。太鼓《タムタム》もある。
なんにも、なんにも乗らない小舟が

緋染《ひぞ》めの池水を截《き》って、進む。
　類《るい》のないこの朝ぼらけ、
僕らの住んでる陋屋《ろうおく》まで、
黄玉を砕いた光がさし入るとき、
浮かれ廻らずにいられようか。

　チエールとピカールは、いわばエロスの神さまだ。
ヘリオトロープの略奪《りやくだつ》者だ。
石油で、コロー[一四]筆を作り出す
あの連中の寓話《ぐうわ》のねたはあがってる。

　つまり、大きな詐欺の一味さ。
花菖蒲《はなしょうぶ》のなかにねころがってるファブル[一五]は、
眼鏡越しに目《ま》ばたき、
胡椒《こしょう》に鼻をむずつかせる。

　どれほど石油を浴びせても、

都大路の敷石の火照《ほてり》はさめないよ。
そこで、僕は、なんとしても、
諸君を正気に返さねばなるまい。

いつまでもしゃがんだまま、
のほほんとしている田舎者は、
夢中になった押しあいのうちに、
小枝のぺしぺし折れるのをきくだろう。

巴里《パリ》蕃息《ばんそく》

臆病者《おくびようもの》よ。さあ。ここだ。停車場に吐き出されろ！
太陽が火照《ほてり》の息で、吐き浄《きよ》める並木道《ブルバール》には、暮れがたから、
蛮人どもがひしめきあう、
西方世界《オクシダン》に君臨する聖なる街とは、ここのことだ！

見ろ！　退潮《ひきしお》のように陽《ひ》は沈んでゆき、
残照のなかの並木、堀割《ほりわり》、さては、
いつぞやの夜、砲火の真赤な炸裂《さくれつ》でわなないていた家々は、
輝きまさるかろやかな夕空にそびえ立つ。

廃《すた》れた宮殿は、板小舎で蔽《おお》いかくせ！
大革命の震撼《しんかん》の日が、人々の眼を一新した。
そして、今は、赤豚のような女どもが、腰をひねって横行するにまかせた。

恥しらずになれ。馬鹿になるんだ。野獣であれ！

さかりのついたその牝犬《めすいぬ》どもは、膏薬《こうやく》までもがつがつ喰う
灯のついた家々から、君らを呼ぶ。盗むがいい。たらふくつめこむんだ！
夜が更けゆけば、ふかい麻痺《まひ》の快楽が街じゅうにひろがる、
おお、心すさんだ飲んだくれども。

飲め！　くらくらとまぶしい燈火がともるころ、
汲《く》めども汲めども溢《あふ》れる豪勢《リユックス》をさがしもとめて、
手足しびれ、言葉もつれ、かすんで見えなくなった眼を
酒盃《さかずき》に溺《おぼ》れこませに、君らは出かけてゆかないのか。

でっかいお尻の女王のために、一息にぐっと乾《ほ》せ！
胸もはり裂ける、おろかな業《わざ》、しゃっくりに似たまぐわいごとや、
息はずませる馬鹿者ども、年寄り、からくり人形、鉄面皮などが、
業楽《ぎようらく》の夜、夜、とび跳ねるさまをごろうじろ。

けがれはてた心と、恐気《おぞけ》のはしる、悪臭芬々《ふんぷん》とした口と、

それくらいにはへこたれまいぞ。
麻痺して、それもわからなくなるため、机にもう一本置いてあるよ。
君らの腹は、恥辱で溶けてしまったね。おお。勝利者よ！

君らの鼻腔をおっぴらいて、誰はばからず嘔《は》いてしまえ。
君らの首の綱を、劇薬でびしょびしょに濡らすんだ。
襟首のあたりへ、そろそろ絞める手をおろしながら、
詩人は、君らに言う。〝臆病者よ。もっと馬鹿になれ！〟

女の腹を君らがもとめるなら、
息もできぬほど、その胸のうえにのしかかり、
君らのけがされた雛鳥《ひなどり》を窒息させて、呻《うめ》きながら痙攣《けいれん》することを
今更、どうしてためらうのだ？

黴毒菌《ばいどくきん》、狂人、王様、あやつり人形、腹話術者など、
君らの魂や、からだ、毒や、ぼろくずが、
この夜鷹の〝巴里〟を、どうすることができるというのだ？
彼女は、君らの方へつんとして、卑猥《ひわい》なそぶりでからだをゆするだけだ。

君らがへたばったとき、ぐったりしたからだのうえにのりかかって、苦情をならべ立て、
夢中になって君らの金を催促し、
争論でまっ赤になった、もりもりとした娼婦《しょうふ》は、
君らの仰天などおかまいなく、剣呑《けんのん》な拳固《げんこ》をひねくりまわすだろう。

巴里よ。おまえが腹立ちのあまり、じだんだをふんだとき、
その身に幾多の瘡痕《きずあと》を受けたとき、
おまえのあかるい瞳《ひとみ》のなかに、ふたたびめぐりくる春のよろこびの、
かすかな兆《きざし》でも感じたとき、

おお。苦悩の都よ。おおかた死にかけていた街よ。
『未来』にむかって立ち直った頭と、両の乳房とは、
まだ明けきらぬうすあかりに、千万の扉を押しひらいた。
くらい『過去』をぬけてきたればこそ祝福されようとするこの大邑《たいゆう》よ。

大きな苦しみの数々ゆえに人をひきつける肉体よ。
お前はもう一度波瀾《はらん》の人生をのみ、

その血管に、蒼《あお》ざめた詩をあふれさせ、
お前のまごころも萎《しお》れるほどな、凍った指にふれられるおもいを味わうことだろう。

　だが、それもわるくはない。詩は、蒼ざめた詩は、
お前の進歩の息吹《いぶき》を妨げるようなことはあるまい。
青い階段に、星なす金の涙をふるいおとす人像柱（一六）の不死の眼は、
三途《さんず》の河（一七）水さえ溺らせることができなかったのだ。

　たとえ、ふたをとってなかを見るのが怖《おそ》ろしいにせよ、
あるいは、清新な、みどりしたたる大自然にとって、都会が、
くさいおできにすぎないにせよ。
詩人は、あえて言うだろう。〝まったく、おまえはすばらしいぜ！〟

　嵐《あらし》が、崇高な詩でおまえを祝い、
凄《すさ》まじい動乱の力がおまえをゆすぶった。
おまえのいっさいは湧《わ》き返り、死がうなる。おお、選ばれた都よ！
鳴らない喇叭《ラッパ》のまんなかに、甲高《かんだか》い叫びをかきあつめろ。

詩人は、賤業婦《せんぎょうふ》のしのび泣きや、
徒刑囚の怨《うら》み、無頼漢の絶叫を身近にききとり、
愛の光束で、女たちを笞打《むちう》ち、
詩句はまた、おどりあがって叫ぶだろう。〝ほら、ほら、そこに悪漢どもがいるぞ!〟

——社会よ。すべては立ち直った。
どんちゃん騒ぎは　昔の狼祭のように息を喘《あえ》いで泣いてるようだ。
赤い壁に添うて、うなされているような瓦斯燈《ガス》が、
あけがた、空がうすあかるむまで、不吉に燃えつづけている。

教会にあつまる貧しい人々

人の吐き出す息がこもって、むんむんとした会堂の片すみで、
並んだ槲《かしわ》の腰掛のあいだにつめこまれた人たちの眼は、
声はりあげて敬虔《けいけん》な頌歌《しょうか》をうたう聖歌合唱隊[一八]と
内陣から湧《わ》きあがってくる歌声の方へ、ことごとく奪われる。

パンのにおいでも嗅ぐようにがつがつと、蠟燭《ろうそく》のにおいを鼻に吸いこんで、それで満足して、
打たれた犬のようにおどおどして
貧しい人たちは、保護者で御領主さまの、神のみまえに、
見ていると噴《ふ》きだすほどな、ひたむきな狂気《きちがい》じみたようすで祈っている。

一週の六日間、ありがたくもない苦《にが》い人生を神から与えられながらも、
日曜日には、腰掛板の光沢《つや》出しにやってくる殊勝な女たち。

ぼろ外套《がいとう》のなかで、死に物狂いに泣き喚《わめ》き、
あばれる餓鬼《がき》どもをゆすぶる彼女たち。

垢《あか》じみた胸をはだけて、スープを啜《すす》るその下素女《げす》は、
祈るように見せかけて、じつは祈りはそっちのけで、
形変りな帽子をかぶって、得意顔な、
これみよがしのお転婆娘《てんばむすめ》の一団ばかりを眺めている。

戸外は、寒さと飢えばかり。そのほかにはよっぱらい。
それはともかく、あと一時間もたてば、言語道断な連中がつめかけてくる。
——あいてかまわず愚痴話《ぐちばなし》で、鼻にかかりくどくどとつぶやく
皺《しわ》でたるんだ婆さん連の一かたまり。

おずおずとした奴ら、きのうは巷《まち》なかで、
誰もが避けて通った癲癇病《てんかんや》みども。
ぼろぼろになったミサ集に鼻をすりつけ、すき腹をかかえ、
犬にひかれて中庭へ入ってくる盲人たち。

こんな連中がうちそろい、まのぬけた物ごいのふしをつけ、ながながと歎きつ、訴えつ繰
　り返すが、
つめたい窓硝子《ガラス》越しにさし入る黄色い陽光《ひかり》を受けて、手も届かぬ高所で、
餓鬼道《がきどう》のような痩せっぽちにも、腹黒い布袋腹《ほていばら》にもいっさいかかわりなく、
キリストさまは、うっとりとして、遠くの方をながめている。

黴《か》びたきものや、肉の香のとどかない遠いところで、
いや味な思いいれたっぷりで、気のぬけた、うっとうしい道化芝居をやってござる。
祈禱は、ものものしい美辞麗句の花を咲かせ、
もったいぶった重たい調子が、幽遠な気分をあたりにかもし出す。

脇間に、陽ざしがうすれゆくころおいには、
俗っぽい絹布の襞《ひだ》をつけ、嘻々《きき》とした上町の婦人たち。
——おお、イエスさま。美食家で、いつも肝臓にいわくのあるその婦人たちが
象牙《ぞうげ》いろの華奢《きやしや》な指を、聖[一九]水盤にちょっとふれるのだった。

七歳の詩人たち

　ところで、お母さんは、宿題帳をぱたんと閉じ、
満足そうに、いそいそと立ち去ったが、
わが子の青い瞳《ひとみ》の奥、悧口《りこう》そうな額にかくされた、
勉強嫌いな本心を見ぬくよしはなかった。

　なるほど、子供は言いつけられる勉強をはげむのあまり、びっしり汗をかき、
とても感心で……と言っても、渋い表情と陰うつな顔面痙攣《けいれん》とから、
うちに秘めた険しい感情をいつわっていることは察しられた。
湿《し》っ気《け》た壁紙を貼った廊下に出て、
あるきながら、両の拳《こぶし》を股《もも》にあて、ぺろりと舌を出し、
目をつむって、皮肉にも、母のくれたいい点数をおもいうかべた。
扉が一つ開いていて、屋根からおちてくる夕空のもと、
ランプのあかりに浮き出し、欄干《らんかん》で息をはずませている、彼の姿を、しばしば、人は見あげ

た。

とりわけ、夏は温気で打ちのめされ、頭はからっぽになり、この子供は、
眩暈《めまい》をおさえて風通しのいい便所に立てこもり、
ひとりひそかに、鼻嵐を吹いて、考えごとをしたものだった。

冬となれば、昼の臭《にお》いを洗い流して、寒月が、裏庭いっぱい照りわたるころ、
壁際にうずくまり、肥料の泥灰にまみれ、
魚の切身の片眼をつむって、幻影を追いもとめ、
疥癬《かいせん》になった生餓《いけがき》のざわめきのはてに耳をすました。

この子供の遊び仲間と言えば、可哀そうに、
栄養失調で、帽子もなく、頬《ほお》はとんがり、力のない底光る目つきをして、
古物市のほこり臭い、すっかり色の褪《さ》めたぼろ服の袖に、
痩せしなび、泥のこびりついて黄色い指をかくす
低脳児のように、おっとり話す連中ばかりであった。

もし、こんなきたならしい連中が友達と知ったら
お母さんは肝をつぶすに相違ないが、
この子の友愛のふかさの方が、
そのおどろきより上越してしまう。

禁止する理由はない。でも、お母さんは、嘘《うそ》の多い碧《あお》い眼をしていた。

七歳の時、子供は一つの物語を作りあげたものだ。大沙漠を題材にしたものだった。
そこは、輝く自由の天地で、
森や、ふりそそぐ太陽や、川岸や、大草原があった。
にっこり笑うスペインやイタリーの女を、顔を紅くして眺めた絵入新聞が、
その種本だった。

近所の職工の娘で、八歳《やっつ》になる、
眼が鳶色《とびいろ》で、気のつよい、インディアンの扮装《ふんそう》したお転婆娘《てんばむすめ》が、
うすぐらい所で、お垂髪《さげ》を振りながら、いきなり彼の背に飛びのった。
下敷きにされた彼は、あいての尻っぺたに噛みついた。
娘はズロースなんか穿《は》いたことがなかった。
彼も、踵《かかと》と、拳固《げんこ》をひっかかれたものの、
彼女の肌の味を、そのまま部屋までもってかえった。

いやで、いやでたまらないのは、十二月のどんよりとした日曜日だった。
無理矢理《むりやり》、頭にポマードを塗られ、マホガニーの円テーブルに
キャベツ緑にへりを染めた、バイブルをひらいて、読まされたからだ。

毎晩、ねどこへ入るなり、子供はいろんな夢でうなされた。
神さまなんか、好きではなかった。だが赤茶けた日没《ひぐれ》どき、
三つ拍子の太鼓で、広告屋が口上をのべ、
群衆を笑わせたり、どならせたりしている場末町へ
まっ黒になってかえってくる作業服の人たちをながめていることが大好きだった。
あるいは、また、輝く起伏や、健康な薫《かお》り、
金いろのうぶ毛がおもむろにゆらぎ、彼をのせたまま宙天にあがってゆくような
なんともいえない気持のいい、牧場にいる夢をみた。

生来、くらいことを好むたちだったので、鎧扉《よろいど》をぴったり閉めきり、
がらんとした部屋の、高い、ほのぐらい、湿気がじっとりくるような場所で、
あの黄ばんで重苦しい空、水びたしな森、
どこまでもひろがる天上の森の、みだれ咲く肉の花々に
いつも心にかかって離れないあの小説をよみかえしていると、
(——ああ、眩暈《めまい》、それにつづく崩壊、支離滅裂……それからじぶんが可哀そうでたまらな
くなる。)
はるか低く、衢《ちまた》のざわめきがきこえてくるけれど、
彼はひとり粗《あら》いシーツのうえにころがり、

その布から、切ないばかり帆布をなつかしむのであった!

盗まれた心

安煙草の染《し》みついた僕の心が、
かなしい心が、船尾《とも》で涎《よだれ》をたらす。
あいつらはスープをもどすのに
僕の心は船尾で涎をたらす。
どっとばかりに笑いくずれる、
あいつらのひやかしがあくどいので
僕の心は船尾で涎をたらす。
安煙草の染みついたその心が。

兵隊上りの、へのこじまん、
あの連中にあってはやりきれない。
兵隊上りの、へのこじまんが
舵《かじ》にまで下卑《げび》たいたずら書き。

妙きてれつな波よ、この心を、
さらいたまえ。洗いたまえ。
兵隊上りの、へのこじまんの
あのひやかしは我慢がならない。

あいつら嚙煙草《かみたばこ》（二〇）がきれたら、
盗まれた僕の心はどうなるんだ！
それこそバッカスのしゃっくりさ。
あいつらの嚙煙草きれた暁は
僕の心がぐっとのみこまれたら、
それこそ胃の腑《ふ》のでんぐり返しだ。
あいつらの嚙煙草がきれた暁は、
盗まれた僕の心はほんとうにどうなるんだ！

ジャンヌ・マリの掌

ジャンヌ・マリの掌《てのひら》は、いかつい掌。
くすぶった日焼《ひや》けの掌、
死人のようにつやのない、その掌は、
ジュアナ[二]の掌にそっくりだよ。

みだらな沼のおもてに浮く
くろいぬるぬるが甲に染《し》みついたか。
また手のひらは、清朗な池水に
さし入る月光にでもひたしていたか。

やさしい膝のうえで、その掌に、
夜天のしずけさを受けて飲んだのか？
葉巻を巻いていたか。その掌は

ダイヤモンドの取引きをしていたか。

聖母をしたい、御足のもとに
金色に、花と萎《しお》れて置いた掌か。
掌の窪《くぼ》にたぎり、まどろむのは、
はしりどころの毒の黒血《くろち》か。

まだほのぐらい暁がた、
花蜜をさがしに飛び立ってゆく、
昆虫どもを追う女猟人《おんなさつお》[二二]の手か。
毒薬の調剤になれた掌か。

にぎったり、ひらいたりするごとに、
つかんだ夢は、どんな夢だ？
荒唐無《こうとうむ》稽《けい》なアジアの夢、
ケンガバルの夢か。シオン[二三]の夢か？

その手は蜜柑《みかん》を売ってた手でもないし、

神々の恩寵で焦《や》けた掌でもない。
目のあかぬ肥《ふと》ったあかん坊たちの
おむつを洗った掌では、なおさらない。

　背骨をへしまげる手力はあっても、
わるいことは決してしない。
機械のように逃げ路なく、
一頭の馬よりつよい力だ！

　るつぼのように燃えさかり、
興奮でわななき、わなないて
掌の肉はマルセイエーズ[二四]をうたう。
夢々、怨訴《えんそ》歎願ではない。

　賤民《せんみん》のよごれで、その掌は、
くろずんで、しなびた乳房のようだ。
その掌の甲こそ、血迷う反乱の徒が、
みんな来て唇をつける場所だ！

戦乱の巴里《パリ》をくぐりぬけて
機銃の銃身を焼く
灼熱《しゃくねつ》の炎天下に、
たぐいない、この掌が蒼ざめた！

ああ　神聖な掌よ。時として、
さめることない熱狂で僕らの唇をふるわせるその掌よ。
その掌がつくる拳《こぶし》に煽動《せんどう》されて、
潑剌《はつらつ》とした僕らのからだで出来た鎖の環《わ》が、絶叫《さけび》をあげる！

天使の掌よ。君が血の気うせるまで、
指の血をながしたとき、
そのときこそ、僕らの一生のうちの
すばらしい飛躍の時なのである。

めぐみぶかい姉妹

かがやく瞳《ひとみ》、艶々《つやつや》とした鳶肌《とびはだ》で、裸で立った、
見惚《みほ》れるような、すらりとした二十歳の若人。
さえわたる月の光を受けた高額《たかびたい》。ペルシャ育ちの、
明日《あす》の夢多い、秀麗な美青年。

よごれをつゆしらぬ純無垢《じゅんむく》なその心で、はげしく追いもとめ、
はじめて知った陶酔に我を忘れて、
ダイヤモンドのきらめく床にうち返す青春の海の
夏の夜ごとの慟哭《どうこく》にも似て、

この世の醜さを前にして、その若者は、
内心の大きな苛立《いらだ》ちに身を慄わせ、
あまりに深くて、癒《い》えるめあてもない胸の傷の悩みに、いつからか、

めぐみ深い姉妹をあくがれはじめた。

ああ。だが、女よ。臓腑《ぞうふ》の一塊よ。あわれなもの。
決して、決して、おまえは、めぐみぶかい姉妹などではない！
黒い、鈴をはった目も、影をつくった柔らかい腹のあたりも、
しなやかな指も、すばらしい形の腰から足もみんな、ちがう。

このおもたい盲目《めくら》の瞼《まぶた》はひらくことなく、
僕らの抱擁もすべて、正気の沙汰《さた》とはおもわれない。
僕らをとらえる熱情のなつかしさのかぎり、つらさのかぎり、愛撫《あいぶ》したのも、
みんなおまえのせいだ。乳房をさげているものよ。

おまえの嫌悪、おまえのながい喪神、おまえの悶絶《もんぜつ》や、
また、先の日の忍びに忍んだ暴虐など、
おまえは、あらゆるふるまいを僕らにしてのけた。
毎月のあまりすぎる血のいざないで。
だが、下心などあってのことではない。おお。その夜々。

＊

愛情や、生命のよびかけや、行動の歌などをもってきて、女が、
瞬間、若者を夢中にさせるとき、
燃ゆる正義の神も、元気な詩神も、いっしょになって、
おごそかな神託で、股から裂こうとやってくる！

ああ、やすみなく華麗と静寂とがいりまじり、
和らぎ難い二人の姉妹からも見すてられ、
武器を手に、叡智《えいち》のものしずかさでなにかつぶやきながら、
花咲く自然のなかに若者は、血に染まる額をあげて佇《たたず》んでいる。

陰気な錬金道術《れんきんどうじゅつ》二五も、神聖な学問の奥義もみな、
傷ついた、心暗い、この倨傲《きょごう》の智者を忌みきらう。
若者は、じぶんのうえに、いまわしい孤独があるいてくるのを感じ、
さてまた、なにもかもうつくしく、棺さえいやらしくはなかった。

若者は茫漠《ぼうばく》としてわからないこの世の終りや、

真実をさらけた夜闇を通りぬける、物々しい夢や、散歩についてじっと考えふける。
そして、彼の魂と、病める肉身とは、おまえをよびもとめるのだ。
おお！　それこそ神変不可思議な死。おお、それこそ真実のめぐみぶかい姉妹。

最初の聖体拝受[二六]

I

　畜生！　まったくたまったもんじゃない。村の寺院で、
柱に垢《あか》をなすりつける十五人のみっともない猿どもが、
がやがやと、神さまについてのへらず口をぶったたき、
靴音ひしめく異様な闇に神経を立てる。
だが、そのうち、繁みを漏れて朝の陽光が、
不規則な絵窓の色硝子《ガラス》のふるびた色をめざめさせる。

　母なる大地を忘れないものは、石だ。
諸君は、麦のみのり穂とすれすれに、
ねじくれまがった茨《いばら》の木や、桑の黒い木瘤《きこぶ》が、
見る目も青々と染まりつく葉のみどりに蔽《おお》われてつづく黄っぽい小路をあるきながら、

おごそかに身ぶるいをする熟《う》れ時の田舎の、
土まみれな小石の積み重なりを見るだろう。

幾百年というもの、水と凝乳の壁塗料で
人は、すばらしい納屋をつくった。
たとえ、わが聖母さまや、裸にされたキリストさまを安置するには、
もったいらしさが足りないとしても、
蝿《はえ》は平気で、そこをよい宿、よい厩小舎《うまごや》とおもい込み、
陽《ひ》に照らされた床《ゆか》の上の、流れたお蠟《ろう》をたらふく馳走《ちそう》になる。

とりわけ、子供は、おとなしく家にいるべきものだ。
家族は、あかるい忠告と、とり立てたことのないよい仕事にはげみ
キリストの司祭どのの荘重な指にふれられて、
からだがむずがゆくなるのも忘れて出かけるのだ。
その人たちは、まっ黒に陽にやけた額を、もっとじか陽でこがしたいのか、
あかしでの木蔭《こかげ》ふかいわが屋根を、僧さんたちに献納してしまう。

最初の黒衣、聖パン[二七]をさずかるこの上ないよい日、

ナポレオンや、『小さな太鼓』の治下で、
ヨセフやマルタ[二八]らが好もしさのあまり、
舌をあえがせるすばらしい金碧燦爛《きんぺきさんらん》。また、この知恵の日には、
二枚のカードが、縁あって結ばれ、一枚になるという日なのだ。
たった一度の甘い追憶の、大祝日としてその日は二人にのこるのだ。

　なにがさて、娘たちは、お寺にゆきたがるもので、
ミサや、晩禱《ばんとう》のあとで、若い衆たちがあつまって、
あの娘、この娘と評定するのをきくのがたのしみらしい。
衛戍部《えいじゅぶ》隊《たい》の小意気なりがぴったり身についた若い衆たち。
彼らは、カッフェで勢揃いして、玉突で、球をポケット[二九]におとし、
粗《あら》っぽい歌を大声で怒鳴るが、重大な家のことなど、肩《かた》そびやかして見むきもしない。

　そのとき、僧さんは、幼い子供たちのために、
囲いのなかで、変哲もない夕の祈りのことをあれこれと計画する。
遠くから鼻声にきこえてくるダンス曲をふと耳にすると、
天のいましめもつい忘れ、
ほれぼれとする足の指や、目にやきついて離れないふくら脛《はぎ》をうかべて見ずにはいられない。

――やがて、夜が迫ってくる。金色の夕空へ、黒々と帆を張って海賊船がともづなを解く。

II

僧さんは教理問答の最中に、
町の組合員や、金持連中のあいだから、
あわれな眼つきの、黄色い顔をした、みしらぬ小娘を見つけ出した。
両親たちはさだめし、貧しい、正直者の門番夫婦ででもあったろう。
《お祭りの日に、教理問答のあいだに見つけたその娘の額に、
神さまはきっと聖水盤から雪をお降らせになるだろう》

III

祭りの前日、子供が病気になった。
不吉なざわめきでいっぱいな、やけに背の高いお寺のなかで、寒さでぶるぶるふるえている
より、
寝床の方が、まだしも張合いがあった。
だが、ひどい熱だ。ふるえがやってきてほおがえしがつかない。〝僕、死ぬよ。〟
とまどった姉にとびついてゆきたいおもいの子供。

姉は、うちのめされて、弟の胸に掌をのせながら、
天使さま、イエスさま、とりわけ聖母マリヤさまのことを考え、
彼女の魂は、それらの勝てるもの[三〇]らをしずかに飲みおろした。

アドナイ[三一]……この羅甸語《ラテンご》の語尾のなかで
うそのように碧《あお》い天の波立ちが、
薔薇《ばら》いろに、聖人たちの額を染め、
天の聖衆のきよらかな胸の血のついた雪のような大きなリンネルが、ふわりとおちかかる。

現在と未来の処女性のために、
彼女は、みゆるしの爽《さわ》やかな味[三二]を嚙みしめる。
水に咲く百合《ゆり》よりも、ジャムよりも、
おん身のゆるしは冷たいのだ。おお、シオンの女王[三三]よ。

Ⅳ

もはや、本のうえの聖処女は役にも立たなくなった。
神秘な飛躍も、途中で腰折れてしまうことがある……。

そのあとには、倦怠《けんたい》だ。古ぼけた木や、いやらしい飾りつけがおもい起こさせるものは、
あじきない想像ばかりだ。

おもいもよらぬ、猥《みだ》らな好奇心が、
イエスさまが裸身をかくすリンネルや、
天上の胴着のまわりを嗅《か》ぎはじめたので、
青白く冴《さ》えた純潔な心は、びっくり仰天した。

彼女のこころは千々《ちぢ》に砕け、
天上のめぐみの光がすこしでもながかれと願いつつ、願いつつ、
声を殺して、枕に顔をうずめた。
そして、唾《つば》を吐いた。……家と、家のまわりを夜闇がみたした。

あいかわらず、子供は重態だ。彼女は、やおら身をうごかし、
腰をかがめて、片手で青いカーテンをひらき、
シーツの下の、火のような彼の腹や、胸の方へ、
新鮮な空気をすこしでも入れてやろうとするのだった。

V

深夜、――ふと目ざめたとき、照らされた窓掛の青く眠っている
窓は白っぽけていた。
あすの聖《きよ》い日曜日のことで心うばわれ、
彼女は、あかあかとした夢をみて、鼻から出血した。

そして、ひたむきに、授けたまう神の愛をむさぼりもとめ、
こころを柔軟に、きよらかにたもち、彼女は、
胸をはずませたかとおもえば、自信を失って、
神います空のもとで、とおもい、かくおもい、その夜はひどく渇《かわ》いていたのだ。

手でふれることもできない、処女《おとめ》にして母なる御方《おんかた》よ。
若さのおどろきの一切を、あなたの灰色の沈黙で圧《お》し殺す夜。
生きた血の通う女心が、人しれず、無言の反抗を駆り立てる
その夜の彼女の渇きのはげしかったことよ。

犠牲《いけにえ》と小さな花嫁を迎え、星は、

手に蠟燭《ろうそく》をささげて
中庭に下り立つ彼女を見おろした。
白い幽霊のように上着が干してあり、黒い怪物のように屋根がのぞきこんでいる中庭に。

Ⅵ

貴い前夜を、彼女は、厠《かわや》のなかですごした。
蠟燭のうごく方へ、屋根の穴から、白いあかりが漏れていた。
青銅いろのくらやみにむかって、向うみずな葡萄蔓《ぶどうづる》が、
隣りの庭の方へ這って、くずれかかる。

天窓は、朝がたの朱金の光が窓硝子を輝かす中庭では、
いちばん先にあかるくなった。
あく水くさい鋪道の光は、
まだ昨夜のねむりをひろげている壁の影を、狭《せば》め、追いつめる。

Ⅶ

そんなけちな憫《あわ》れみや、だらけた説教をするのは誰だ？
嫌悪で彼女をながめるもの、

癩《らい》がすでに、そのうつくしい肌を喰いつくしたあとで、なお、
神の力でこの世界が造り変えられるとおもっている、おお、お話にもならぬ馬鹿者ども！

Ⅷ

ヒステリーの錯乱が一度に戻ってきたとき彼女は、
幸福のあまりの悲しさで、
一晩じゅう、眠りもやらずくるしんで、
恋人が、百万人の聖母のうつくしさを夢みるのを眺めただろう。

《あなたは御存じ？　あなたを死なせたのは、私よ。あなたの唇を閉じてあげたのは。
あなたのこころ。人のもっているいっさい。みなさんのもっているすべて。
で、私、私は病気なんです。ひたひたと充《み》ちくる潮水に、
おお。私は、やすらかに、そのなかへ入ってねむりたいんです。

私は、若うございました。キリストの奴が私の呼吸《いき》までうすぎたなくしてしまったのです。

私ののどのところまで、あいつは、けがらわしさをつめこみました！

羊毛のようにふかぶかとした私の髪に、あなたは接吻してくださいました。

私は、されるがままにして……ああ、そうでした。あなたは、うれしそうでしたわ。

男の人たち！　あなたのいちばんかわいがってる女が、
恥かしい恐怖の意識のもとで自分を、
いちばん苦しみにみち、いちばんけがれたものと考えているなんて、どうしてお考えになれ
　ました？
あなたを求める私のあくがれがみんな、過失だなんて、そんなことがあってたまるものです
　か？

私の最初の聖体拝受は、これで立派にすんだのです。
あなたの接吻——夢にもしらなかったあなたの唇の味。
あなたが抱いてくだすった私のからだと、こころとは、
いまだに、イエス奴のあの腐敗した接吻でむずがゆくてならないんですもの！》

IX

　そして、腐敗した、荒廃した魂は、
神たちの呪いのふりそそぐのをおぼえた。
——魂どもは、正しい情熱からのがれて死ぬために、
おもいやりない神の憎しみのうえに横たわる。

キリストよ。おお、キリストよ。あくことをしらぬエネルギーの大泥棒よ。
二千年ものあいだ恥と頭痛で、女たちの苦しげな額を、
大地に釘《くぎ》づけにし、ひっくり返して、
鉛土色の生涯を犠牲にさせた陰険な神よ。

酔っぱらいの舟

ひろびろとして、なんの手ごたえもない大河を僕がくだっていったとき、
船曳《ふなび》きたちにひかれていたことも、いつしかおぼえなくなった。
罵《ののし》りわめく亜米利加印度人《アメリカインディアン》たちが、その船曳きをつかまえて、裸にし、
彩色した柱に釘づけて、弓矢の的にした。

[三四]フラマンの小麦や、イギリスの木綿をはこぶ僕にとっては、
乗組員のことなど、なんのかかわりもないことだ。
船曳たちの騒動がようやく遠ざかったあとで、
河は、はじめて僕のおもい通り、くだるがままに僕をつれ去った。

ある冬のこと、沸き立つ潮のざわめきのまっただなかに、
あかん坊の頭脳のように思慮分別もわかず、僕は、ただ酔うた。
纜《ともづな》を解いて追ってくるどの半島も、

これ以上勝ちほこった混乱をおぼえたことはなかった。

嵐が、僕の海のうえのめざめを祝《ことほ》いだ。
犠牲《いけにえ》をはてしもしらずまろばす波浪にもてあそばれ、
キルク栓《せん》よりもかるがると、僕はおどった。
十夜つづけて、船尾の檣燈《ともしび》のうるんだ眼をなつかしむひまもなく。

子供らが丸齧《かじ》りする青林檎《りんご》よりも新鮮な海水は、
舟板の樅《もみ》材にしみとおり、
僕らの酒じみや、嘔吐《おうと》を洗いそそぎ、
小錨や、舵《かじ》を、もぎとっていった。

その時以来、僕は、空の星々をとかしこんだ乳のような、
海の詩に身も溺《おぼ》れこみ、むさぼるように、淵《ふち》の碧瑠璃《へきるり》をながめていると、
血の気も失《う》せて、騒ぐ吃水線《きっすいせん》近く、時には、
ものおもわしげな水死人の沈んでゆくのを見た。

蒼茫《そうぼう》たる海上は、見ているうちに、

アルコールよりも強烈に、竪琴《たてごと》の音よりもおおらかに、金紅色に染め出され、
その拍節と、熱狂とが、
　愛執のにがい焦色をかもし出す。

　僕は知った。引っ裂かれた稲妻の天を、竜巻を。
よせ返す波と、走る射水《いみず》を。
夕暮れを、また、青鳩の群のように胸ふくらませる曙《あけぼの》を。
時にはまた、あるとは信じられないものを、この眼が見た。
　菫色《すみれいろ》に凝る雲々の峯を輝かせて、
神秘な怖れを身に浴びた落日や、
ギリシャ古劇[三五]の悲劇俳優たちのように、
はるかに、裾襞《すそひだ》をふるわせて、舞台をめぐる立つ波を僕は見た。

　目もくらむ光の雪と降る良夜。
ものやさしくも、海の瞼をふさぐ接吻《くちづけ》や、
水液のわき立ちかえるありさまや、
唄《うた》いつれる夜光虫の大群が、黄に青に変わるのを夢に見た。

それから、まる幾月も、僕は、ヒステリックな牛舎さながら、
暗礁に突っかける大波のあとを追う。
聖マリヤのまばゆい御足が、あばれまわる大洋の、
鼻づらを曲げて飼い馴らしたもうことも忘れはて。

漂着したそこは、この世にあるとも信ぜられないフロリダ州。三六
知っているかい？　あそここそは、
はるか水平線のした、青緑に群なす波の背の、手づなとかかる虹《にじ》の水しぶきが、
人々の肌や、豹《ひょう》の眼の花々といりまじるところ。

怪物レビアタン三七の群が燈心草のあいだに腐臭を放つ大簗《やなぐい》の
瘴癘《しょうれい》の泥海もながめて過ぎ、
大凪《おおなぎ》の中心で逆流する水が、
はては、瀑布《ばくふ》となって、深淵《しんえん》にきって落とされるのも見た。

氷河、銀の太陽、真珠色の波、燠《おき》のような、かじかんだ陽《ひ》ざし。
とごった入江の奥ふかくに、ばらばらにこわれた坐礁船《ざしょうせん》。

床虫に喰いちらされた大蛇どもが、陰惨な、へんな臭気を放って、
よじれ曲った木の股から墜《お》っこちてくるところ。

この金色の魚、歌いながら青波をくぐってあそぶ真鯛《まだい》の群を、
ふるさとの子供たちに見せてやりたいな。
花と咲く波の泡は、僕の漂流を祝福し、
えもいわれぬ涼風に乗って僕は、飛びたくなった、羽がほしくなった。

時にはまた、両極や、赤道地帯を、殉教者のように倦《う》みつかれて、海は、
すすり泣きで、やさしく僕をゆすぶる。
一日の血を吸い取った吸玉のように黄色い夕陽が、萎《しお》れ衰えてゆくとき、
僕は、小娘のようにじっとひざまずく……。

そのとき、黄金《きん》の眼をした誹謗者《ひぼうしゃ》、島に巣喰う海鳥の群が、
舷《ふなばた》を訪れ、喧噪《けんそう》と糞《ふん》を上からふらす。
もろい細索《ほそづな》を越えて航海に疲れたものらが、永遠のやすらいをとりに入水する時刻、
僕らは、侘《わび》しくもまた、舟旅をつづける。

だが、内湾の藻草の髪にからまれて、ゆくえもしらずなったとき、
颶風《ぐふう》の腕にさらわれて、鳥もおられぬエーテルに、この身が投げすてられたときは、
巡海船も、ハンザ[三八]の帆船も、
酔いどれた水のあくどい愛撫《あいぶ》から救い出してくれるあてがない。

　おもうがままに煙をふかしつつ、うす紫の霧靄《きりもや》に乗り、
赤ちゃけた空を、壁のようにくりぬいてすすむ僕。
よい詩人にとっては、無上の糖菓《ジャム》。
太陽のかさぶたや、空の洟汁《はなじる》を身につけてる僕。

　火花と閃《きら》めく衛星どもを伴い、黒々とした海馬に護《まも》られて、
革命月の七月が、燃ゆる漏斗の紺碧《こんぺき》ふかい晴天を
丸太ん棒でたたきこわした豪雨のなか、
一枚の板子のようにおろかにも、翻弄《ほんろう》されてゆられる僕。

　五十海里のむこう、発情した海のべヘモ[三九]とくらい渦潮とが
抱きあってうめき叫ぶのをきいて身の毛もよだった僕。
どこまで行っても青い海を糸繰《たぐ》りながら、ゆきつくあてをもたぬ僕は、

古い胸壁めぐらしたヨーロッパをつねになつかしんだ。

　僕は見た。空にふりまかれた星の群島を！
有頂点な空が、航海者たちをまねいているその島々を。
百万の黄金の鳥よ。未来の力よ。この底ふかい夜のいずくに、
おお。どこに、おまえは眠っているか。どこにかくれているか？

　正直言えば、僕には、かなしいことがたくさんすぎた。夜明けになるごとに、この胸ははり裂ける。
月の光はいやらしく、日の光は、にがにがしい。
この身を嚙みとる愛情は、ただ、喪失したような麻酔で、僕を脹《ふくら》ませるだけだ。
おお。僕の竜骨よ。めりめりと砕けよ！　おお、この身よ。海にさらわれてしまえ！

　どれほどヨーロッパの海をなつかしんでみても、
匂わしい薄暮のころ、子供がひざまずいて、憂わしげな様子をして、
五月の蝶《ちょう》の羽のように、こわれやすい玩具の帆舟を放つ
くらい、冷たい、森の潴《たま》り水に、それはすぎないのだ。

おお、波よ！　その倦怠《けんたい》をこの身に浴びてからは、
木綿をはこぶ荷舟の船脚をさまたげることも興がなく、
旗や、焔《ほのお》の誇りと張りあうのも、
門橋の怖ろしい眼をくぐって泳ぎつき、巨利をむさぼることも、僕にはできなくなった。

蝨をとる女たち

小さいなりに考えでもあるようにむずむず這《は》い回る頭蝨《じらみ》のために、
子供の頭が赤い渦を巻いて、がまんができなくなった時、その寝床のそばへ、
大人づくった、やさしいふたりの姉さんがやってきた。
銀色の爪の、華奢《きやしや》なその指先。

みだれ咲く花々と、しげみをゆする涼風に大きく窓をおしあけ、
子供のかたわらにならんで坐り、
露でしめった、ふさふさ髪のなかに、
怖るべき、また心地よい、その細指をさまよわせる。

子供は、歌のようにきいている。
うす薔薇《ばら》色《いろ》の芳《こう》ばしい花蜜の匂いをはこんでくる姉たちのじっとこらした息づかいを。
口にたまった唾《つば》でものみこむのか、

接吻の味をおもいだしてか、時おり、息が途絶える。

匂やかな沈黙のなかで姉たちの、黒い睫毛《まつげ》のまばたきの音をきく。
やさしい指が電光形に走って、
子供が鈍色《にぶいろ》の無心にひたっているあいだ、
万能の爪が、あわれな蝨の死を、ぷつんと知らせる。

子供の身うちには、懶惰《らんだ》の酒の陶酔がまわってきて、
ハーモニカの狂おしいばかりの嘆息がもれ、
姉たちの愛撫《あいぶ》の手先につれて、
泣きだしたさが、たえず漂ったり、消えたりするのだった。

母音

Aは黒、Eは白、Iは赤、Uは緑、Oは青、これらの母音について
その発生の人のしらぬ由来をこれから説きあかそう。
Aは、苛烈《かれつ》な悪臭の周《まわ》りに唸《うな》る
金蠅《きんばえ》どもの毛だらけな黒い胸着《コルセット》。あるいは、影ふかい内海。

Eは、靄《もや》、テントの白。
そびえ立つ氷山の槍先、王者の白衣裳《しろいしょう》、ふるえるこごめ花。
Iは、緋《ひ》の装束《しょうぞく》、喀血《かっけつ》、または腹立ちに、
自嘲《じちょう》に酔うて、わらいくずれる美貌《びぼう》の人のくちびる。

U、天の循環。みどりの海原の神秘な律動。
家畜どものちらばる平和な牧場。
偉大な博士たちの額《ひたい》に、錬金術が刻みこんだ幾条の皺《しわ》のおちつき。

O、かん高く、つんざくようなひびきを立てる天使らの喇叭《ラッパ》[四〇]。
地上と、天上とをつらぬく静謐《しずけさ》。
Oはオメガ[四一]、天使の眼から投げおろす蛍光の光の矢。

四行詩

星は、君の耳殻に墜《お》ちて、薔薇色《ばらいろ》にすすり泣き
君の頸《くび》すじから、腰のあたりへ、無限がその白さをころがした。
君のあたたかい乳房は、あこや珠に照りはえてゆらめき、
男は、その妙なる横腹に、黒い血を流した。

鴉

神よ。牧場に冬がおとずれ、
這《は》いつくばった寒村に、
すがれはてた田野のうえに
日暮の鐘の音がおとろえてゆく時、
おちかかって来い。空高くから、
年来のわが友、鴉《からす》たちよ。

しゃがれ声をした異様な一隊。
寒風が、君らの巣を襲ったのだね！
うす照りの黄ばんでのこる川沿いに、
荒れはてた岡のうえ、
溝《みぞ》や、窪地《くぼち》のうえに
散乱しろ。あざわらえ。

すぎ去った戦いの日の死者たちの眠る
フランス国土の上に、幾千群がって、
旋回せよ。冬のこの日、
道ゆく旅人におもいしらせてやれ。
忘れていた義務を考え出させろ。
おお。不吉な黒い鳥。

だが、天の聖衆よ。高い樫《かし》の梢《こずえ》のいただきには、
夕空遠く消えゆくその小枝に、せめて、
五月の頬白《ほおじろ》を残してくれ。
逃《のが》れることもできず、叢《くさむら》のなか、
森の奥ふかい一ところに、
未来のない敗北の身をながく横たえるもののために……。

イリュミナシオン[四二]

眩暈《めまい》

見わたすかぎり流血と焔《ほのお》の海。屍《しかばね》の山と、いまをかぎりの叫喚。
底から秩序をひっくり返す大小地獄の歔欷《すすりなき》は、
心よ。僕らにとって、これはどういうことなんだ。
残骸《ざんがい》の上にふみ止まっているアキロン。[四三]

なにかの腹いせかい？　ちがう！　まあ、いいや。どっちみち、
僕らは　そいつを待ってたんだ！　実業家。貴族。元老院。[四四]
消えてなくなれ！　権力も、正義も、歴史も、みんな、くたばれ！
そうなくてはならない。血だ！　血だ！　黄金の焔だ！

闘争へ、報復へ、恐怖へと駆り立てられ、わが精神よ！　咬《か》み傷をうけて、のたうちまわれ。

ああ！　見たくもない。この時代の共和制。

王さま。連隊。移住民。大衆。どれも、もうたくさん！

僕らと、僕らが兄弟よばわりをする連中を、
憤りの炎の旋風で、あおり立てるのはなにものだ？
僕らにとって熱烈な友よ。ほんとうに愉快だよ。
手間ひまもいらず、みるみるうち、ひろがってゆく炎の波よ！

ヨーロッパも、アジアも、アメリカも、かき消されろ。
僕らの復讐《ふくしゅう》のあゆみが、じりじりと、都市に、
田舎《いなか》に迫ってゆく！——僕らは粉砕される！
山々は、火を噴《ふ》き、大洋は津波になってよせ……。

おお、わが友よ！——まちがいなく、しんそこ、彼らは兄弟だ！
僕らはつれ立って、突入した。見しらぬ闇黒のなかに、僕らは行こう。さあ、行こう。
いたましいかな！ふるい大地よ。そのことで僕の身うちはふるえる。次第次第に、大地は
くずれる。

——————

（心配はいらない。僕はここにこうしている。まちがいなく、ここにいる）

沈黙

婆羅門《ばらもん》[四五]のように、
四月、アカシヤの木蔭《こかげ》に、
耳を澄ませて聴《き》け。
森のおし立てた櫂《かい》よ！

Phoebé[四六]へ流れる
爽《さわ》やかな霧をすかして、
むかしの聖者たちが、
頭をうごかすのが見えるような。

岬のまばゆい砥臼や、
きれいな屋根からも遠ざかり、
なじみふかいその古人たちは、

心ゆるせぬ媚薬《びやく》〝沈黙〟を好む。

　祭りめき、
星をまたたかせたりして、
夜の効果を
ひきたてることもないその霧。

　しかしながら、この物哀《ものかな》しい霧のなかに、
蒼褪《あおざ》めた霧のなかに、
——ドイツよ。シシリーよ。[四七]
まさしく、それは今も、在《あ》る。

涙

小鳥や、家畜の群、村の娘たちからも逃げ出して、
とある草藪《くさやぶ》のなかに跼《せぐくま》り、ひとりで一杯やっていた。
どこもかもみどりで、蒸々《むしむし》する午後のうす霧こめた
はしばみの若木の林にとりかこまれて。

この若いオアーズ県[四八]にいて、僕が今、傾けるのは、なんの酒だ？
楡《にれ》はかさりとの物音もさせず、草原は花をつけず空は低くうすぐもり、さて、
蓮芋《はすいも》の水筒[四九]から注いでのむこの酒は、
汗になるだけで、味もそっけもない田舎酒。

このままつづけば、畢竟《ひっきょう》僕は、安宿の困った宣伝になるところへ、
やがて、風が出てきて、暮がたまでには、うってかわった空模様。
そして、あたりは、沼地や、棒杭《ぼうぐい》や、青白い夜空にならぶ林の柱廊、

川の船着などの暗い国となる。

林からこぼれでるせせらぎは、誰もこない砂地に吸われ、
風は、空から沼地へ、氷のけずり屑《くず》を投げつけた。
さて、僕は、黄金《きん》や、真珠貝の採取者のように、
のむことの気苦労はなかったと広言はらったものだった！

カッシ河[五〇]

カッシ河は、人しれず、
奇妙な音楽とともに流れる。
百羽の鴉《からす》どもの声が、流れに従うのだ。
すばらしい声だ。天使の声だ。
たえまない風に揺さぶられて、
大業にゆらぐ樅《もみ》のざわめきを伴い。

古い時代のままの田野の、
人の訪れる望楼の、名高い公園の、
竦《ぞっ》然とするような神秘をこめて、川は流れる。
さまよっていた騎士たちの亡《ほろ》びた情熱を、
この岸に立って、人はきくのだ。
それにしても、風の小気味よいこと。

いきいきとしたこの眺めを見て歩くものは、
心がきたえられてゆくのだ。
城主どのがつかわされた森の兵隊、
親愛な、やさしい鴉ども！
古い木片でぴしりとみまう
狡《ずる》い百姓にしてやられるな。

朝のたのしいおもい

夏の朝、起きぬけの四時、木蔭《こかげ》には、
なお、ふかいまどろみがつづけられ、
前夜の愛慾ののこりの香を、
あかつきのほの明るさがうすれさせる。

はるか、大きな造船工場では、
エスペリード[五一]からさしのぼる太陽にむかい、
シャツの腕をまくりあげた大工たちが、
すでに、あちらでもこちらでも動いている。

苔蒸《こけむ》した空地では、黙々として、
貴重な船板を、彼らはけずりあげる。
都会の金持女が、偽りの天の下で、

笑っていたって、かかわりはない。

おお。バビロン王[五二]の忠僕の
これらのいとしい職工さんのために
ヴィナスよ。心に真の誇りをもった、純粋な
恋人たちを、すこしは裾分《すそわ》けしておくれ。

おお。牧人たちの女王[五三]よ！
労働者たちにブランデーをやってくれ。
正午の休みの海水浴を待ちながら
ゆっくりからだを休められるように。

ミッシェルとクリスティヌ 五四

糞《くそ》っ！　そこの隅《すみ》から太陽奴、かげってゆくじゃないか！
逃げろ。大雨だ！　その路の物影がある。
ふるい由緒《ゆいしょ》ある広場に、柳のしげみに、
嵐がまず、大きな滴《しずく》をばらばらとぶっつけてよこす。

鳶色髪《とびいろ》の兵隊式な牧歌から、溝のなかから、枯れた茨《いばら》の木から、
百匹の小羊よ。逃げ出すんだ！
平野も、荒原も、牧場も、地平線も、
嵐で、まっ赤にお化粧をしている！

黒犬と、外套《がいとう》にふかく身を埋めた煤《すす》けた狩人よ。
のがれよ。崇高な稲妻《ひらめ》の閃くこのとき。
羊群よ。うす暗と、硫黄がそこらあたりにひろがるこんなところから、

根かぎり、適当な凹所をさがして下りてゆけ。

だが、神さま。僕のこころは、はるか、
鉄道のレールのように長い、ソロンジュ[五五]地方の百倍の上を
飛んで、走る雨雲の裾《すそ》に、赤く凍《い》てついた空について、
どこまでも翔《かけ》るのです。

無数の遊牧民の彷徨《さまよ》うた古いヨーロッパのうえの、
宗教的なこの嵐の午後には、
誰の目にもやさしい旋花《ひるがお》。
さらわれた野生の穀粒と、そこここに群がる狼《おおかみ》たち。

そのあとで、嵐のすぎた月の冴《さ》え。いたるところ地上は、
夜空を見あげ、心昂《たかぶ》った戦士たちが、
疲れた馬を、しずかに乗りうたせる。
この倨《おご》る強賊の馬の蹄《ひづめ》にはじかれて、礫《こいし》は鳴る！

――そして、僕は見る。月光で黄色い森と、明るい谷間に、

湖のような青い眼の女と、日に焦《や》けた逞《たく》ましげな男と、おお、それはゴール人[五六]だ。

その傍ら、二人の足もとには、踰越祭《すぎこしのまつり》の白い小羊がうずくまっているのを。

ミッシェルとクリスティヌだ。——キリスト——それで、牧歌は終り。

渇きのコメディ

I　親たち

わしらは、親の、その親だ。
そのまた先の親たちだ！
お月さんと、草っ葉の、
つゆのしずくにぬれてきた。
こころのこもったこの手酒。
いつわりなしに、この世のなかで
人間なにをせにゃならぬか？　そりゃ。飲むことさ。

僕——そうじゃない。見しらぬはての淵川《ふちかわ》で溺《おぼ》れることだ。

わしらは土地の生《は》え抜きで、

おめえの親の、親たちだ。
柳の蔭のくらい水。
ほら見ろ、お城の、ぬめぬめな壁をめぐった外濠《そとぼり》を。
わしらの穴倉《くら》へおりてみな。
乳や、林檎酒《シードル》[五七]は、あとまわし。

僕——では、水飼い場へのみにゆく牛とおんなじだな。

おめえの親たちだぞ。遠慮は無用。
手あたり次第、さあ、のみな。
戸棚の酒ならえりどりだ。
茶も、コーヒーも本場ものが
湯沸かしんなかでたぎってる。
——絵をごらん。花をごらん。
わしらも、墓場がいやになった。

僕——ああ。どの壺《つぼ》もみんな、からっぽにしたくなった。

II 精霊

流れてつきせぬ水の精よ。
味よき飲み水を頒《わ》けあたえよ。

青ぞらの姉妹、ヴィナスよ。
澄みわたる水を波立たせよ。

猶太人《ユダヤ》よ。諾威《ノルウェイ》の涯《はて》をさまようてきて、
雪のみやげ話はないか。

人なつっこいかつての流刑人よ。
海のみやげ話はないか。

僕——駄目《だめ》、駄目、すずしい飲みものも
コップにひらく民の花々のみごとさも、
伝説も、うつくしい俤《おもかげ》も、
なんの足しにもならぬ。この渇《かわ》きでは。

小唄《こうた》つくりよ。君の名づけ子の
きちがいじみた僕の渇き。
絶望に身も細らせる
心の奥に棲《す》む、口を持たない七頭蛇《ヒドラ》[五八]。

Ⅲ　友人たち

波うち際にあふれ泡立ち、うち寄せる、
これは酒だぞ。寄ってこい。
見ろ。天然のビッテル酒[五九]が、
山のたかさで、捲《ま》きかえす！
諸国行脚《あんぎゃ》のものしりたちよ。緑の柱と立ちならび、
くずれかかるアブサン酒の波を、もろ手に受けよう。

　僕――そんなながめはどうでもいい。
友よ。いったい、酔うというのはなんのことだ？

沼に沈んで、腐ってゆくほうが、
僕にはよっぽど、似合っているよ。
きたない水泥《みどろ》の下になって
浮き木といっしょに浮いているほうが。

Ⅳ　あわれなものおもい

どこかふるめかしい町の一隅で
しずかに盃《さかずき》をあげ、
おもうことなく死んでゆく
そんな夜がいつか、僕を待っていてくれるにちがいない。
それまではあくせくするより他はない。

いくらかの金がふところに入り、
僕の憂慮がすこし収まったら、
北の国へでも行ってみようか。
それとも葡萄《ぶどう》の実たわわな南の国か。
――ああ、夢想するのは、はかないわざさ。

真底から無駄《むだ》なことでもある！
たとえ、もう一度、この僕が、
むかしの旅装を身につけても、
みどりかがやく旅館が僕の前に
むかえてくれようとはおもえない。

V　終結《むすび》

牧場のなかで、ふるえている青鳩も、
走り廻り、夜まで敵に追いつめられる鳥獣も、
水に棲《す》むいきものも、家畜らも、
生きのこった蝶《ちょう》も……おなじように、みんな渇いていないものはない。

ゆくあてもない浮雲のうすれて消えるあたりで、消えていってしまえたら。
――おお、爽《さわ》やかなものの仕業にならって！
あかつきがたの、森の奥ふかく、
露おもい菫《すみれ》の花の敷床で、この息絶えてゆけたなら。

恥辱

一思いに、あの脳味噌《のうみそ》を、
刃物でえぐり取ってしまわぬかぎり、
妙に脂《あぶら》ぎって、精力的な、生《なま》っ白いあのお荷物野郎は、
いつになったって、気分があたらしくなりやしない……。

（ああ、あいつの鼻、あいつの唇、耳、
それから腹も切りこまざかなくては。
両方の脚も、切って捨てるんだ！
どうだ。そうしたらすばらしいぜ！）

だがな。嘘《うそ》いつわりなしに、僕は、
あいつの首をちょん切り、
あいつの腹へ小石をつめこみ、

臓腑《ぞうふ》を焔《ほのお》であぶりたいと思いこんでる。

それを断行しないかぎり、あの厄介な餓鬼めら、
おろかなけだものは、
むほん気と、たくらみを、
一瞬時だって止めやしない。そして、

モンロッシューの臭猫《においねこ》六〇のように
そこらいちめん、臭気をまきちらす!
——神さま!　奴が死ぬときには、
どんな感謝のお祈りをあげたもんでしょうかなあ……。

記憶

I

清らかな水。こどもの頃ながした涙の塩からさ。
太陽にむかって跳《と》びはねる女たちのはだかのかがやく白さ。
ジャンヌ・ダルクが護った古城の壁にひるがえる
清純な百合《ゆり》の花々の紋章《しるし》の、王旗[六一]の絹のはためき。
天翔《あまがけ》る天使たち。——いや……走ってゆく黄金《きん》の水流は、いたるところ、
生《は》えついた、くらい、野性の臭《にお》いのつよい草の葉をふるわせ、
大空を天蓋《てんがい》とし、丘や、弓橋の蔭をカーテンとして眠る。

II

えい！ 驚いた。水のうす硝子《ガラス》が、こんな、透きとおった泡《あわ》をこしらえたぜ！

褪《あ》せた金色《きん》でうごいている水。涯《はて》しらず敷かれた床よ。
自由自在に小鳥らがはしりぬける柳の立木は、
小娘がさんざん着古した青いきものを掛けたとでもいったところ。

路易《ルイ》王一族[六二]よりも蒼ざめた顔色をして、きれいな、熱っぽい瞼をした
憂わしげな水は、——妻よ、おお、偕老《かいろう》の誓い——束の間の真昼刻《まひるどき》、
くもったその鏡に映して、
むしむしする灰色空の、なじみぶかい、薔薇《ばら》色《いろ》の球体、日輪を嫉《そね》むのである。

III

マダムは、光たえまなく降り濺《そそ》ぐかなたの牧場にいつまでも佇《たたず》みつくしている。
手には、日傘《ひがさ》、
いらだちのあまり踏みしだくこごめ花。
花咲くしげみのなかでは、子供たちが、
　赤いモロッコ革の本を読みふける。
さて、さて、彼女の夫は、路ばたではぐれた千人の白い天使とともに、
山のむこうへ去《い》ってしまった。

彼がいなくなってからの彼女のくらさ、つめたさ、乏しさのいいようもなさ。

Ⅳ

清新な若草の、萌《も》えいずる嘆き！
あるいはまた、聖らかな床のただなかにさし入る四月の月光！
八月の夜々、腐敗物の醱酵《はっこう》する臭いの襲いかかる
うちすてられた岸辺のドックのたのしさ！

いまもなお、堤防の下で、水は泣いているではないか！

ポプラ並木が、高いところで、ただ北風に貰《もら》いなげく。

はては、光彩もなく、流れもやらず、水面は灰色に、ナプキンとえらぶところがなくなった。

そしてうごかぬ小舟のなかに、老いたさすらい人が一人いて、かなしむ。

Ⅴ

このどんよりした水の眼のたわむれよ。それは手にもとれない。
うごかぬ小舟よ！　おお、とどかない！
どっちをむいても花はない。僕を悩ます黄色い花も、
灰汁《あく》の色をした水のうえには、友よ。青い花もないよ。

ああ！　一鳥の翼がふりおとす柳の花粉よ！
ずっと以前から荒れそそげた葦《あし》の花よ！
僕の小舟はいつもじっとして、涯《はて》しない水の眼の中心に碇綱《いかりづな》をおろしているが、
その底は、どんな泥ぶかさか？

新世帯

部屋は、深みどりの空にからりとひらけていた。
踏みこむ場所もないほどの、長持や小箱の類。
壁のむこうは、幽霊どもが歯ぐきをふるわせているような
いちめんの苜蓿《うまごやし》。

この無駄《むだ》づかいと、荒廃したような無秩序さときたら、
なみたいていの頭のしぼりかたではないよ！
桑の実をもってくるアフリカの妖婆《ようば》のしわざとしかおもえぬ。
どこのすみっこにも、束髪の網。

虫の好かない名づけ親[六三]たちが多勢
台所の光まばらななかへ入ってきて、
そこで根がはえて、油をうる。家事は放ったらかしで

お留守になり、万事休止だ。
　かえってきた夫は留守中ずっと
ごまかされていた気配を感ずる。
腹黒い水の精までもが、
ねどこの辺までうろつきに入ってくる。

　夜になれば、おお、蜜月が
二人のほほえみを摘み、
銅の細帯で無二無三に空を目かくしする。
それからあとは狡猾《こうかつ》な鼠どもの跳梁《ちょうりょう》だ。

——晩禱《ばんとう》のあとで、もし、銃口から閃《ひら》めく火のような、
蒼《あお》ざめた、狂おしい火影がささなかったら、
——おお、ベツレヘム[六四]の聖らかな、白々とした幻影よ。
二人のいる窓の青さを、むしろいっそうなまめかしくみせたろうに！

忍耐

ある夏のこと

ゆれそよぐ菩《ぼ》提樹《だいじゅ》の葉がくれに、
鹿追いの笛は、かすかに遠ざかる。
だが、すずしい唄声《うたごえ》につれて
すぐりの実がおどっている。
僕の血も、血管を走りめぐる。
ここにはまた、もつれからむ葡萄蔓《ぶどうづる》。
天使さまのように、空は清らかだ。
青空と潮とはながれあう。
ゆこうよ。たとえ、光の尖先《きつさき》が僕に突きささり、
苔《こけ》の褥《しとね》で、この命が絶えるとも。

忍耐すること、辛抱すること、
そんなことはわけないことだ……ちぇっ。なんて、苦労性な。
ドラマチックなこの夏の、
幸運の車にしばりつけてもらいたいものだ。
おお、自然よ。君の手にできるだけしっかり抱かれて、ひとりぽっちのさびしさなど、
味わうことなく僕は死んでゆきたいのだ。
馬鹿げた話じゃないか。羊飼どもまでが、
ほとんど皆、世間に拘泥しながら死んでゆくとは。

「季節」のお役にたったら、このからだは本望だ。
おお、自然よ。僕を君にお返しする。
僕のひもじさも、渇きもみんな添えて。
ただし、御親切があったら、もうしばらく、のませたり、食わせたりしておくれ。
うそいつわりはなんにもない。
太陽にも、親たちにも、それはお笑いぐさだが、
僕にとってはまじめな話だ。
この身の不運よ。屈託するなかれ。

永遠

とうとう見つかったよ。
なにがさ？　永遠というもの。
没陽といっしょに、
去《い》ってしまった海のことだ。

みつめている魂よ。
炎のなかの昼と
一物ももたぬ夜との
告白をしようではないか。

人間らしい祈願や、
ありふれた衝動で、
たちまち、われを忘れて

君は、どこかへ飛び去る……。

夢にも、希望などではない。
よろこびからでもない。
忍耐づよい勉学……。
だが、天罰は、覿面《てきめん》だ。

一すじの熱情から、
孺子《しゅす》の燠火《おきび》は、
〝あっ、とうとう〟とも言わずに、
燃えつきて、消えてゆくのだ。

とうとうみつかったよ。
なにがさ？ 永遠というもの。
没陽といっしょに、
去ってしまった海のことだ。

いちばん高い塔の歌

束縛されて手も足もでない
うつろな青春。
こまかい気づかいゆえに、僕は
自分の生涯をふいにした。

ああ、心がただ一すじに打ち込める
そんな時代は、ふたたび来ないものか？

僕は、ひとりでつぶやいた。「いいよ。
あわなくったって。
君と語る無上のよろこびの
約束なんかもうどうでもいい。

このおもいつめた隠退の決意を
にぶらせてほしくないものだ」

かくばかりあわれな心根の
いいようもないやもめぐらし。
聖母マリヤさまのこと以外、
当分、僕はなにも考えまい。

では一つ、マリヤさまに
お祈りをあげることとしようか。

金輪際おもい出すまいと
僕はどれほど、つとめたことか。
お蔭で、恐怖も、苦しみも、
空高く、飛んでいってしまった。

それだのになぜか、不快な渇きが
僕の血管の血をにごらせている。

荒れるがままの
牧場のように、
どくむぎと芳香とがいりまじり、
花咲き、はびこる牧場のように、

不潔な蝿《はえ》が、僕の心に群がって、
わんわんと唸《うな》り立てている。

束縛されて手も足もでない
うつろな青春。
こまかい気づかいゆえに僕は、
自分の生涯をふいにした。

ああ、心がただ一すじに打ち込める
そんな時代は、ふたたび来ないものか？

ブルッセル[六五]

七月、レジェント大通にて

ジュピター[六六]のたのしい宮殿までも届く
鶏頭《けいとう》花の花壇つづき。
常春藤《きづた》のあいだに、サハラ沙漠[六七]の薄青さをちらちらさせるのが、
君だということを、僕は知っている。

それから、陽《ひ》に輝く薔薇《ばら》や、樅《もみ》、
蔦《つた》などにかこまれたここは、なんとよいあそび場所、
つつましやかな孤独の匿《かく》れ家ではあるまいか。
おびただしい小鳥のむれ。
オ　イア　イオ　イア　イオ！……

――しずかな家々と、すぎ去った情熱！
恋に狂う女の休むあずまや。
うしろをむいた薔薇の垣根で、
蔭《かげ》になった、低いジュリエット[六八]の露台。

ジュリエットと言えば、ここでは、アンリエットのことがおもい出される。
空中に無数の青ざめた精霊が踊り廻る
果樹園の奥ででもあるような
山あいの可愛らしい鉄道駅のことが。

色白なアイルランド[六九]娘が、枝葉ざわめくこの楽園で、
ギターにのせて唄《うた》っている緑のベンチ。
そして、ギイア[七〇]人の食堂からは
鳥籠《とりかご》と、子供たちの大さわぎ。

おもうに、黄楊《つげ》と蝸牛《かたつむり》で閉ざされたうっとうしい公爵家の窓は、

この低い陽ざしに眠る。
それから、また、
いや、もう言うのはよそう。たのしくて筆や言葉につくせるものではないから。

＊

雑閙《ざっとう》せず、市などは立たぬこの並木通り。
しんとして、物語のようで、芝居の舞台そっくりで、
つぎからつぎへつづく場面《シーン》のようで、
君のうつくしさはよくわかっている。そして心のなかで讃嘆している。

七

彼女はアルメか？

彼女はアルメだろうか？……　あかつきがたのほのかさに、炎と燃えて、消えていってしまうのではあるまいか。

巨大なる花とくずれる都の息吹《いぶき》をおもわせて、うちひろげられたかがやきを前にして！

うつくしすぎる。あまり、うつくしすぎる。だが、なくてはならないのだ。

――「漁婦」の場や、「海賊の唄《うた》」には、彼女がいなくてはならない。

それに、最後の仮面の連中は、ほんとうの海のうえに揺られて、夜の祭に加わっていると思い込んでいる。

幸福

このよい季節よ。うつくしい館《やかた》よ。
誰だって、まちがいをしでかさないとはかぎらない。

おお、よい季節よ。うつくしい館よ。

誰にだってはずれっこのない
幸福の不可思議な術を僕は学んだ。

ゴールの雄鶏[七二]がときをつくると、
うまいぞ。そのたびに幸福をうむ。
ところで僕はもう幸福に用がない。
僕の一生はそのことで終わったのだ。

その魅惑《みわく》は、心も身も捉《とら》えて、
すべての労苦を追いちらした。

いくら喋ったって、なにをわからせることができよう?
言葉なんて、逃げて、ふっ飛ぶだけのことだ。

おお、よい季節よ。うつくしい館よ。

黄金の時

まるで天使のような
なにものかの声が、
僕の世話をやき、
おごそかに言いわたすのだ。

枝葉に分け入った
無数な質問が
酩酊《めいてい》か、錯乱の
ふかみに迷いこませる。

こんなにたのしく、こんなにたやすい
あそびをおぼえた。
それは波浪だ。それは花々だ。

そうして、君の親しい身内だ！
　まるで天使のような
なにものかの声が
僕の世話をやき
おごそかに言いわたすのだ。

　ため息をこめて、
そのとき、うたう
燃える、はげしい
ドイツの調子で。

　この世は欠点だらけだ。
なんだって？　おどろいたって？
どうでもいい、生きるんだ。
不運なんかは火に投げ込むんだ。

　おお。うつくしいお城。

洋々とした君の人生！
僕らの偉大な兄弟の
貴族的な大自然よ。
何時《いつ》の頃から、君はいるんだ？

僕もいっしょに、僕も唄《うた》う！
限りない姉妹たちよ。
夢々、公開的ではないが、
つつましい、麗《うる》わしい声音で、
もっとそばへ、寄っていらっしゃい。

饑の祭り

おなかがへった。アンヌ。アンヌ。
驢馬《ろば》にのって逃げろ。

僕らの食い気をはだてる奴は、
土でもないぞ。石でもないぞ。
ディン　ディン　ディン　ディン。
空気を食おう。岩を、鉄を、石炭を齧《かじ》ろう。

僕らの饑《うえ》よ。でんぐりがえれ。そら食え。草を！
牧場は音色だ！
毒をふりまく蛇朝顔《へびあさがお》を
くわえてひっぱれ！

乞食が割った、礫《こいし》をくらえ。
お寺の土台の苔《こけ》むす石や、
磧《かわら》の丸石、出水の倅《せがれ》、
くらい谷間に、ねているパンども！

僕らの饑のぎりぎりを言うなら、闇の底なしか、
からんからんの青天井だ。
——胃のいうなりに、ひきずり回され、
結局、僕が悲運なわけさ。

地面にうらうら、草が萌《も》えだした。
熟《う》れきった果肉に、僕はとびつく。
畦《うね》のあいだをはいずりまわり
僕らが摘みとる、のじさと菫《すみれ》。

おなかがへった。アンヌ。アンヌ。
驢馬にのって逃げろ。

海

白銀と、銅の車輪、
鋼鉄と、銀の舳《へさき》は、
泡を打ちあげ、
荊棘《いばら》の根株をあらう。

曠野《こうや》の奔流と、
曳潮《ひきしお》のおもたい轍《わだち》が、
東をむいて、

並ぶ森の柱廊のほうへ
かどが、光の渦巻で衝《つ》きあたる
波止場の胴っぱらにむかって
ゆるやかな彎曲線《わんきょくせん》をえがく。

うごき

大河のおち口の絶壁からの水流のうごき、船尾の渦巻く深淵《しんえん》。
過ぎゆく欄干《らんかん》。
大きな流れのつかの間の疾《はや》さが、
未知の光明と、
化学的な新奇を餌《えば》に、
谷底の竜巻や、嵐でとりまかれた、
旅行者たちを誘いこむのだった。

それら旅行者たちは、それぞれの化学的な幸運をたずね求める、
世界の征服者たちなのだ。
彼らは、スポーツと快適を友として、
その舟の上に、民族、階級、野性の教育をともなう。
学びの怖るべき夜々の

大洪水の無気味なあかるさの
眩暈《げんうん》と、休止。

逃《のが》れ去る岸辺のうごきに興味をひかれて、
機械や、血や、花々や、炎や、宝石が内蔵する饒舌《じょうぜつ》から、
人は、じぶんたちの勉学の無尽蔵なストックを見てすぎるのだ。
(怪物のように、たえず閃光《ひらめき》を投げる
動力水道の向こう側へ、土手をめぐるようにしてぬけ)
ハーモニックな陶酔に駆り立てられた彼らと、発見のヘロイズム。

胆《きも》を冷やすばかりの気圧の激しさのただなかで、
一組みの恋人が弓橋のうえにぽつんと立っている。
(誰もがゆるす古代からの野蛮なふるまい、勇猛ででもあるのだろうか?)
平気な顔で彼らは歌い、いつまでもそこにじっとしている。

拾遺

拾遺　第一部

みなし児たちのお年玉

I

物影の多い部屋のうちで、二人の子供の
いじらしい、小声のささやきが、ぼそぼそときこえる。
風におののく白いカーテンが、時々捲《ま》きあがる下で、
すっかりまださめきらないような、うっとりしたおももちで彼らは、頭を傾《かし》げる。
家の外では小鳥らが、寒さにからだをよせあい、
灰一色の空へ、おもい翼が飛びたちかねている。

新しい年は、深霧を身にまとい、
雪の衣裳《いしよう》のながい襞裾《ひだすそ》をうしろにひきずってやって来て、
涙いっぱいな眼でほほえみかけ、
かじかんだ唄《うた》をうたう。

II

ゆれうごくカーテンの下に陣取った子供二人は、
大人が闇夜《やみよ》でさぐりあうときのような低声でしゃべる。
物おもわしげに首をうなだれ、遠いつぶやきでもきくように、きいてるほうはじっとしている。
ある時は、夜明け近い時間《とき》をうつ置時計の、黄金《きん》の冴《さ》えた打音が、
硝子《ガラス》のかぶせのなかで、金属的な響きをくり返すのをきいて、おもわず身をふるわせる。
部屋は凍りつきそうだ。寝床のまわりの床《ゆか》のうえに曳《ひ》きずられた
ぬぎちらかしが、まるで喪の衣裳だ。
肌に錐《きり》をもみこむ寒風は、扉口で嘆き、
部屋のうちに侘《わび》しい息吹《いぶき》を吹きおくる。
一目、そのへんを見回わせば、なにが不足しているか誰でもすぐわかる。
子供たちにはお母さんが不足してるのだ。

慈愛のこもった頬笑《ほほえ》みで、はればれとした眼で子供たちを見てくださるお母さん。
どうしたの？　お母さんは、夜になると一人で、一生けんめい灰をかきいだし、
ストーヴの火勢を掻《か》き立てることを忘れちゃったのだろうか？
子供たちのうえに、毛布や、羽根布団《ぶとん》を注意ぶかく積み重ねてやることも、なぜ、してやらないのか？
〝ごめんね〟と言って、立ち去る前に、
朝夕の寒さで、子供たちが風邪《かぜ》をひかないように、
北風をふせぐ扉を、きっちり閉めていってやることもしなかったのか？
――母の夢。それよりあたたかい褥《しとね》はないのだ。
うつくしい小鳥たちが、枝々でゆすってもらっているように、手足をちぢめた子供たちが、
きれいな幻影でいっぱいな、甘い眠りをゆすってもらう
柔らかなねどこは、母の夢なのだ。
それに、なにごとだろう。この巣には、羽毛もない、温《ぬく》みもない。
子供たちは、冷たくって、眠れないで、どうしていいかわからない。
酷《むご》い朔風《さくふう》に凍りついてしまったその巣……。

Ⅲ

もうとっくにおわかりでしょうが、この子供たちは、みなし児《ご》です。

お母さんは、いくらさがしてもこの家にはいないし、お父さんも、どこか遠くへいってしまった！

年をとった一人の召使女が、せんかたなく世話をやいている。
小さいものどうし二人っきりで、凍りついたこの家のなかで生きつづけているのだ……。
みなし児たちは、わずか四歳。
まてよ。二人の心の底のほうに、
かすかながら、なんだかたのしいおもいでが、まるで、お祈りをしながら、つまぐる数珠《じゅず》の数とりのようにのろのろと、
すこしずつ、目ざめてくるようだ。
ああ、そうだ。お年玉だ！　お年玉の朝、
あの朝は、なんという朝だったろう！
前の晩、二人は各自、もらうもののことをあれこれおもいつづけてねられなかった。
金紙銀紙でつつんだボンボンだの、おもちゃだの、
きらきらの宝石だのが渦《うず》になってきりきり回り、
足ふみ鳴らしておどるかと見ていると、
たちまち、カーテンの下に逃げ込み、またそこらからあらわれ出る
そんなめずらしい夢もみた。
朝にはぱっちりと目がさめた。起きるのがすこしも厭《いや》じゃない。

くりかえす接吻の雨。寛《ゆる》されている、甘えられる雰囲気《ふんいき》。

それからはいってゆく。父と母とにお祝いのことばをささげる……シャツ一枚の姿で、両親の部屋の外へきて、扉にしずかにふれる。

大祭のように、よろこびに瞳《ひとみ》をかがやかして、小さな素足で、床板をかるく踏みならし、口は唾《つば》が垂れそうで、まぶたをこすりながら、髪の毛は、ベッドでもつれたままにして、

Ⅳ

あのことだけは忘れられないたのしさだったのに。

——それが、どうしてこんなに変わっちゃったんだろう。昔の家が！と、何度も、何度も、くり返したその言葉。

ほんとうに、ストーヴのなかでは、大きな薪《たきぎ》があかあかと燃えていたものだ。住み心地よい部屋は、隅々《すみずみ》まで照り輝いていた。大きな炉《ろ》で閃《ひらめ》く朱色の焔《ほのお》の反射が、ニスを塗った家具調度にうつっておどりまわるのはたのしかった。

戸棚には、鍵《かぎ》がかかっていない。鍵なしの大戸棚よ！　その鳶色《とびいろ》と黒光りの鏡板を二人はながめた。

鍵がない。まったく妙なことだった！　鍵のない戸棚の全部にねむっている神秘について、なん度としれず二人は夢みたものだった。

あけっ放しの錠の奥ふかくから、なにか遠い物音が、
とらえようはないが、たのしげなつぶやきがきこえてくるようでならなかった。
――両親たちの部屋も、今はまったくからっぽだ!
扉の下からもれる灯影《ほかげ》もない。
両親はいない。ストーヴもないし、取った鍵もない。
したがって、接吻もないし、うれしい不意打ちにあう気づかいもない。
一年のはじまりというこの日が、二人にとってなんとかなしいことだろう。
すっかりめいりこんでしまった二人の、大きくひらいた青い目から
苦い涙が音もなく落ちて
彼らはつぶやくのであった。
〝お母ちゃんは、いつかえってくるのかしら?〟

V

子供たちは眠りこんだ。
とうとう、泣きねいりしちゃったな、とあなたは、のぞき込んで言うだろう。
ねている双のまぶたは泣き腫《は》れ、息ざしはくるしそうだ。
幼い子供は、とても感じやすい心をもっているものだ。
ゆりかごの天使さまが空からおりてきて、彼らの眼からかなしみを拭《ぬぐ》ってやり

そのかわりに、たのしい夢をおいてやる。
半分ひらいた彼らの唇は、ほほえみ
つぶやこうとしてうごく、それもたのしい夢のため。
丸い、小さな腕を前にだらりと伸ばして、
目ざめのいじらしい姿勢で、接吻してもらう時のように額をさしいだす。
夢のなかで彼らのまなざしは、彼らをとりまくものの上に、ぼんやりと止まる。
ストーヴは、あかあかと燃え、焔は元気にうたい、
窓越しに、はるかに美しい青空があった。
自然は目ざめ、光輝《ひかり》で酔っぱらっている。
半裸のままの大地は、ふたたび生に遇《あ》ったことを欣《よろこ》び、
太陽の接吻で、歓喜の身ぶるいをする。
古ぼけた部屋のうちは、すべて、温《あたた》かな鴇色《ときいろ》で、
喪のきものなど、どこにもぬぎちらしてはない。
扉の外の寒風も、もうだまってしまった。
仙女が一人、そこを横ぎってすぎたようにおもわれたので、
子供たちは欣びのあまり、同音に叫び声をあげた！
……そして、母親の寝床の傍らに、薔薇色《ばらいろ》のうつくしい光に浮かんで、
大絨緞《じゆうたん》のうえに、輝いているものがある。

それは、黒曜石と螺鈿《らでん》で
黒と白にてり返す銀製の牌《はい》、
黒ぶちの小さな玻璃《はり》の冠飾がついていて
三文字が金で彫りつけてある。
《A notre mère!》[七三]

鍛冶屋

I

ばかでっかい鉄槌《てっつい》の柄に腕をやすめ、
わがうで力にうっとりとして、もの言わせ顔に、
からかねの喇叭《ラッパ》然たる大口をあいて笑い、
おでこの広い鍛冶屋《かじや》どんは、ぎろりとした眼玉で、
そこにいる肥大漢の王ルイ十六世[七四]を睥睨《へいげい》し、詰問した。
その日、人民連は、王をとりまいて、行儀悪く身をくねらせ、
金箔《きんぱく》で飾り立てた宮殿のあっちこっちに、汚れたきものをひきずった。

さて、腹ばかりつき出た善良な王は、顔蒼《あお》ざめて立っているのがやっとだった。
絞首台へいまつれてゆかれる敗北者のようなその顔色。
飼い犬のように従順で、露ほども反抗はみせなかった。

なぜと言って、いかつい肩つきのこの鍛冶屋のあぶれものが、
さんざっぱら古風なおどしや、きてれつなごたくを述べたてた末、
まあ、ざっと、こんなぐあいに、王の襟《えり》がみをつかんでゆすぶり回したからだった。

『ねえ。大将、おめえだって知っとるだろう。

わしらはな、トラ、ラ、ラと歌を歌ってな。

他人の畔《あぜ》へ、牛どもを追っていったもんさ。

坊さまがな。金ぴかなええ念珠をつまぐってござらしゃった。

ちょうどまた、そこへ角笛を鳴らし、馬にのった御領主さまが通られた。

坊主めは、絞首のつなで、領主は靴で、わしらをめったやたらに打ちのめしたさ。

牝牛の眼のようにどろんと血走ったわしらの眼は、
泣いても涙など出なかったぜ。わしらは歩きに歩いたもんだ。

わしらがこの国を耕しつくしたとき、
この黒土に、わしらのちょっぴりした血肉をつぎこんだとき、わしらはたいした酒代をもらった。

わしらのあばら屋が焼き払われたのさ。

その火で、餓鬼《がき》どもは、よく焦《こ》げた菓子を作ったものさ』

『俺は別に不平を訴えているわけじゃあねえ。馬鹿らしさ加減をおめえにきかせようというのだ。
極内だが、おめえのほうにも文句があったら言うがいい。
六月のころ、枯れ葉を山と積んだでっかい車が納屋にくり込んでゆくのを見るのは
どんなにたのしいか。
そぼそぼ雨がかかって、ほどよく濡《ぬ》れた乾草《ほしくさ》や、果樹園のほうから
ただよってくる強烈な臭《にお》いをかぐことや、
どっちをむいても麦畑のまんなかで、よくみのった穂をながめること、
そして、こいつがパンになるんだなと考えることは、たまらない愉快なことさ。
また、腕力におぼえのある連中は、燃えさかる炉のそばへ、
鉄《かな》しき台をたたきながら、たのしい歌をうたいにゆくんだ。
わしらだって人間のはしくれだから、神さまがくれるものを、
ちっとは頒《わ》けてもらえるものとおもいこんでいたからなあ!
だが、その考えは、いつもながら、虫がよすぎた考えさ……』

『今こそわしは、決してなんにも信用しちゃあならねえとわかったよ!
わしはこのとおり、二本の逞《たく》ましい腕と、このしゃっ面《つら》と、鉄槌とをもっているがな。
外套《がいとう》の下に短剣をちらつかせた高慢な男がわしのそばへよってきて言ったものさ。

おい、こら、若僧《わかぞう》。お前はうちの領土を耕すんだ、とこうだ。
戦争でも始まってみろ。そのくらいですむもんか。のこのこまたやって来やがって、
わしらの家から、火箸《ひばし》ではさむようにして大事な息子をもってゆきやがる。
なるほど、おめえは王様だろうさ。そうすりゃあ、わしだって一個の人間さ。
おめえは、わしらになんと言った。〝余の意志のままだ〟とな。
わかったかい。どうだ。それでも、じぶんのほうが無茶ではないと言えるかい。
おめえのぴかぴかな宮殿や、
おめえのきらびやかな士官ども、ろくでなしの家来たち、
また、おめえの生ませたとんでもねえ私生児どもが、孔雀《くじゃく》のようにねり歩くのを見て、
わしらが欣《よろこ》ぶとでもおもっていたのかい。
やつらは、勝手次第に、わしらの娘たちをかっさらって、巣におしこめ、
わしらをバスティユの牢獄[七五]へ投げ込もうとして、
小さな逮捕状をつくったものだ。
そして二言目には、〝貧民ども、頭《ず》が高いぞ〟ときやがるんだ。
おめえのルーブル[七六]宮殿もわしらからしぼり上げた銭《ぜに》でできたんだぜ。
おめえたちは、口からあふれるほど食い、豪勢な宴会のしつづけだ。
家来どもは、わしらの頭を腰掛けとまちがえてわらってけつかったじゃねえか？』

『まだまだ、あるぜえ。こんないやなこたあ、わしらの代に始まったこっちゃあねえ。

先祖代々から受けついだひが事さ。

人民を、ひっぱり女とまちがえちゃ困る。わしらには、なんでもできるんだ。

わしらはみんなの力で、手間隙《てまひま》なしに、おめえのバスティユを木っ葉微塵《こっぱみじん》にやっつけたじゃあねえか。

バスティユ奴、あの石垣の一つ一つのあいだから、ぽたぽた血をたらしていやがったものだ。

ひっつかきのような壁がわしらの前に突っ立って、あん畜生奴、
どんなに無慈悲なことが内側にあるかを、わしらに物語っていたものだ。

そして四六時中、そのくらい影で、わしらをとじこめていたものだ。

市民よ。市民よ。安心しな。そんなことも、遠い昔話になっちゃったのだ。

わしらが塔を乗っとった時、なにもかもくずれ、息を引きとったのだ!

なんだかしらねえが、しゃべっているうちに、胸のなかがいっぱいになってきた。

わしらは、おもわず息子どもをこの胸にしっかりとだきしめたものだ。

馬のように鼻の穴をふくらませ、ふうふうやりながら、
わしらは、力強く、誇りをいだいて行進した。

わしらは、それで、しゃんとなった。

はじめて、じぶんの額をまっすぐにあげて、こんなふうに、お天とうさまにむかってあるいたんだぜ。そうだ。巴里《パリ》じゅうをだ。

すると、みんなが、わしらの小ぎたねえなりの前に集まってきた。

とうとう、人間らしいじぶんをとり戻したんだ。

緊張で、わしらの顔はまっ蒼《さお》だった。

陛下どん。わしらはその時、空怖ろしいほど希望で満腹していたのだ。

ラッパをふき、樫《かし》の葉をふり回して景気をつけ、黒い櫓《やぐら》の前にわしらが集まったとき、
手に槍《やり》はもっていても、わしらは怨《うら》みなどもっちゃあいなかった。

わしらは、強者だったんだ。やさしい気持ちでなんでもあしらってやりたかったんだ!』

『しかし、あの日以来、わしらの逆上《のぼせ》はずっとさがらない!
労働者の群れが、街いっぱいに集まってきた。
人数のふえてゆく、一方のくらい群衆は、呪《のろ》われた仲間は、
金持ちどもの門をめざして突進した。
やつらといっしょにわしは、密偵《いぬ》どもをぶっ倒そうとおもって走った。
肩に、この槌《つち》をかついでな。まっ黒になって巴里じゅうを駆けずり歩いたよ。
街角、街角で、威勢よく、馬鹿野郎どもを追っぱらった。
どうだ。それでも鼻先でせせら笑う気なら、たった今、一ひねりだぞ』

『王さま。おめえはいつもそうだったな。

ラケットで玉をはね返す心得で
わしらの願書を受け取る係の、おめえの腹黒い家来とぐるになって
小遣いかせぎをしていたじゃねえか。それがみな、おめえのわるがしこさ。
性悪な家来どもは、さもさも見くだしたようにわしらのほうを見て、
なんてえ馬鹿な奴らだ、と低い声で、ひとり言を言ってたものだ。
薔薇《ばら》のうつくしい布告や、薬品をみたした小壺《こつぼ》の封印をしたり、
悪法令の準備をいそいだり、
いかに手際よく人頭税をかけるかをたのしんだり、その手あいときたら、
わしらがそばを歩くと、くさいと言わんばかりのそぶりなのだ。
(わしらをきたないとおっしゃるのは、おどろいたね。
それが、わしらの親切な代理人さんたちなんだ!)
怖るるものをなくするためには、銃槍しかないとはどうだ!
よろしい。あいつらの鈴のついた煙草《たばこ》入れなんかに用はない。
わしらは、あんな低脳や、穀つぶしどもには倦々《あきあき》してる。市民よ。
わしらが勇敢で、すでに、王笏《しゃく》や、僧杖《そうじょう》をぶち折ったとき、
ささげられた御馳走《ごちそう》というのが、こんなんだね?』

II

鍛冶屋どんは、王の腕をひっつかんで
天鵞絨《ビロード》のカーテンをベリベリと引き裂き、
窓から庭をのぞかせた。
牝犬《めすいぬ》どものように唸り、海潮《うしお》のようにうそぶき、
波浪の押し寄せるような気配で、怖ろしい群衆が、陰気なむらがりが、
手に手に、太い棒や、鉄の槍をもち、太鼓をたたき、
市場や、貧民窟の喧噪《けんそう》をつくり、
血みどろなぼろを身につけ、赤いボンネットをかぶり、
立錐《りっすい》の余地もないほど集まって、がやがや、うようよしているのだった。
鍛冶屋は、おっぴらいた窓から、そのありさまをのこりなく、
よろめきながらやっと立ち、それを見るなり病人のように
顔色蒼ざめ、冷汗をかいてふるえている王にしっかと見せた。

『ほら。よく見たかね。王さん。ならず者どもがよくも集まったもんだろう。
壁に唾《つば》をねじくりつけて、ほら、のぼろうとしているだろ。ますます増《ふ》える一方だよ。
腹がへってるんだぜ。こいつらは。なにしろ乞食どものことだからね。
わしは、鍛冶屋だ。嬶《かかあ》は気が狂って、あのなかにいる。
チュイルリ宮殿《でん》は、パンの山とおもい込んでる連中さ。

パン屋を襲っても生憎《あいにく》なにもなかったんだ。
わしは、三人子持ちだ。わしはならず者さ。
ボンネットをかぶった婆さんたちが
息子や娘を連れてゆかれたってなげいてたのをわしは見た。
ならず者さ。——一人の男は、バスティユにいたし、
他の一人は苦役していた。だが、二人とも正直者の市民だったのさ。
放免されて来ても、二人は犬のあつかいだ。誰もあいてにしねえ。
二人は、なにか、ひどく屈辱でいためつけられてしまって、
それがもとで、大変なさわぎさ。なにもかもめちゃくちゃになって、
地獄へでも落っこった気がして、
現に、おめえの鼻っ先で、気勢をあげて吠《ほ》え立てているという寸法なんだ。
ならず者さ。——あのなかには、
辱《はずかし》めをうけた娘どももいる。おめえもよく知ってるだろうが、
女ってえものは、根が弱々しいもんさ。
宮廷のおえら方にあっては、女はどれでもおもうがままで、
魂を土足で踏みにじられ、唾を吐っかけられたって、文句一つ満足に言えたものじゃあねえ。
そのおめえ方のいう女たちが、きょうは、やっぱり、ならず者のお仲間で、あそこにやって
きているんだよ』

『いっさいがっさい、わしらは不幸つづきだった。
やけつく陽《ひ》の下でぷすぷすくすぶるほど背を焼かれて、
あっちへ行き、こっちへ戻り、はげしい労働の苦役でげっそりした連中のことごとくは、
帽子をぬぎな。市民どん。やつらも、みんな人間さまなんだ。
はえぬきの労働者だ。陛下どん。労働者というものだよ！
わしらはみんな、偉大な新時代のために、それを知りたいためにいる人間なんだよ。
大きな成果を求め、大きな理由をさがすので、朝から晩まで、鍛えに鍛えるんだ。
おもむろにうち勝ってゆくわしらは、なにもかも征服し、
馬の背にでも乗るように、いっさいの上にひらりとまたがるんだ。
どうだい。炉が、あかあかと燃えあがってるありさまは！　悪くはあるめえ。
そうだろ？　な。……無知だってえことが多分、いけなかったんだ。
そうだ。わしらあ知る必要がある。わしらあ手に槌《つち》をもって、知ったことをことごとく、ふ
るいにかけるんだ！
それから、兄弟、前進せよだ！
誰だって時々は、一言の文句も言わず、一筋に、燃えあがって生きようという
そんな大きな感激の夢を、抱くものだよ！
また、息もつけぬ熱烈な愛をささげている女の、権高い微笑の下で働きてえというような望

みをおこすものだ！
それでみんな一日中、夢中になって働くだろうよ。
ラッパのひびきのように、おのれの義務に耳を傾け、
すばらしく幸福になった気がすることだろう。
誰だって、おお、誰だって、別に、おめえをいじめようとはすまいて。
銃は、炉の上の壁に掛けておくだろうぜ』

『おお、しかしだ。どっちをむいても、戦争の臭《にお》いがぷんぷんしてやがる。

わしはなにをしゃべったかな。ともかく、わしは賤民《せんみん》なのさ。

まだまだ、密偵もいるだろう。買い占めもいよう。

が、わしらは自由になったのだ。わしらは、
恐怖時代を通って、こんなにじぶんたちが大きくなったような気がするんだ。

今の先、わしは、おだやかな義務や、住居について話したっけ……。

　空を見るんだ。わしらには、この空だってちっぽけすぎる。

熱くって、熱くってたまらねえ。膝をついて、空を見るんだ！　……わしは、あの群衆のな
　かへかえってゆかにゃあならねえ。

陛下どん。しっかり聞いてな。おめえの古ぼけた大砲なぞ、
きたねえ道ばたに引っころがす、あの怖ろしい大群衆のなかへ戻ってゆくんだぜ。

わしらが死ぬ前に、その大砲を洗ってやるとするかな。
わしらの叫び、わしらの復讐《ふくしゅう》を前にして、
まっ赤になった王さまの手並みで、
もしも、フランスへ、軍服姿の一連隊をよぶことができたら、
いいかね。おめえはきっと、わしらにむかってほざくだろうよ。
〝この犬め。くたばれ〟とな』

Ⅲ

鍛冶屋どんは言い終わると、鉄槌をとって、
やっこらせと肩にかついだ。
この男のそばにいただけで、
群衆は、魂がうっとりとなった。
怒号でざわざわした巴里の家々のなかで、広庭で、
一つの戦慄《せんりつ》が、重苦しい下層民たちをゆすった……。
――さて、荒っぽい鍛冶屋どんは、垢《あか》だらけな、大きな、尊大な手で、赤帽子[七八]をひっつかみ、
汗みどろな便腹王の額めがけて、
はっしと投げつけたのであった。

一八七〇年四月

太陽と肉体

I

生命《いのち》とめぐみの火炉、太陽は
よろこびにのたうつ大地に、愛の焔《ほのお》をふりそそぐ。
谿間《たにま》に身を横たえて、僕らがつくづく感じることは、
大地の若さと、あふれる血しお、
いのちで盛りあがった乳房のゆたかなこと、
神のような平等無差別なめぐみと、女体のようなしなやかさ。
光と樹液で成熟し、
あらゆる胚芽《はいが》を無尽蔵に包んだ胸のふくらみなど。
なにもかもが成長し、なにもかもが増大する。
ヴィナスよ。いのちの女神。

僕がこころからなつかしむのは、太古の神々若かりし頃のことだ。
放縦なサチール[七九]や、獣のからだをした牧神《フォーン》[八〇]らは、
恋慕のあまり、黒い木の皮に嚙《か》みついたり、
ひつじぐさの花蔭で、流れる金髪のニンフ[八一]にくちづけたりした。
なんと言っても、あの頃はすてきだった。全世界のいのちの流動、樹液、
川のながれ、緑樹の薔薇色《ばらいろ》の焰が、ことごとく
パン[八二]の神の血管を走り、別乾坤《べつけんこん》がつくりあげられていた。
半獣神は、羊の脚で緑の大地の胸をふみとどろかせ、
また、その柔らかい唇を、葦笛《あしぶえ》にふれて、
おおらかな愛の讃歌を、青空のもとで高調子に鳴りひびかせたものだった。
あるいは、また、ひろびろとした平野に立って、
おのれの呼び声に応《こた》える、大自然の生きた反響《こだま》に耳をかした。
木々枝々は黙々として、唄《うた》う小鳥たちをゆすってやり
地はまた、人々を眠らせ、青海原をゆるやかに転《まろ》ばせる。
すべてのけものどもは、神々の愛撫《あいぶ》のもとにたがいにむつびあった。
　なつかしいのは、女神大シベール[八三]の時代だった。
あの女神は、巨大なうつくしいからだを、青銅《からかね》の車にのせ、
かがやかしい市々《まちまち》を訪れまわったといわれる。

彼女の双の乳房から、広大なこの世界に、
無窮のいのちの清流をふりそそいでいた。
人々はまるで嬰児《えいじ》のように、彼女の膝でたわむれあそび
幸福のおもいにみちて、彼女の乳首を吸った。
人々は強かったゆえに、純潔と温順をたもつことができたのだ。

かなしいことに、人間はいま、

〝私は、なにもかもわかった〟という。

そして、じぶんの目を閉じ、耳をふさいでゆきすぎる。

もう、どこにも神はいない。神はない。人間が主人となったのだ。

人間が神なのだ。だが愛。それだけが信ずるに足りるだけだ！

おお！　神々と人類生成の偉大な母シベールよ！

もし人がなお、君の乳房を吸っていたら！

もし、そのむかしの不滅の天の女神が
青波の照りわたるあかるさを背景に、
噎《むせい》入る香気を発散させ、白泡の雪をふらせ、
薔薇色の臍《へそ》を出して、しずしずと出現したならば。

かち誇った黒い眸《ひとみ》のその女神が、森の鶯《うぐいす》や人の心のうちの恋慕の唄を、きき入っていてくれ

たなら。

II

僕は信ずる。僕は、あなたをなつかしむ。
母なる女神、海のアフロディテ[八四]——おお、
見しらぬ他所《よそ》の神が、僕らを十字架にしばりつけてから、
人生行路は、苦艱《くかん》となった。
肉体よ。花よ。大理石よ。美の女神よ。僕が信じているのは、あなただけだ！
まったく、人間はみじめだ。ひろびろとはてしない大空の下で、人間はいつも悲しそうだ！
人間はきものをきている。純潔でないそれが証拠だ。
神からうけた誇り高い半身を穢《けが》してしまったからだ。
火にくべた偶像のように、
すばらしいからだを、みじめな屈従で折り曲げてしまったからだ。
うまれついた美を辱め、白骨になってまで生きのびようなどと、死後の世界に執着をはじめ
　たからだ。
そして、あれほどの処女の誇りをうちこんだ神像、
粘土の質を吟味に吟味した女体、
男どもが、その貧しい魂の光輝とあがめ、

おもむろに、無窮の愛の手びきにより、
地上の束縛から天上の美にあくがれ、昇天することができたその女性さえ、
いまは、娼婦《しょうふ》でしかありえないのだ。
とんだ立派な見世物さ！
偉大なヴィナスの甘美さ、神々しい名のもとに人々は、彼女らを嘲笑《あざわら》う。

Ⅲ

もし、時をうしろへ呼び戻すことができたらいまこそ絶好の機《しお》だ！
人間は一まず終わった。やるべき役を一応果たしたのだ。
偶像を破壊する業にも疲れはて、偉《おおい》なる日、
人間は、あらゆる神の羈《き》絆《はん》から自由になり、
生をうけた諸天のなかから、
不滅の思想、永遠の理想をさぐるだろう。
粘土のからだで生きていた神々は、
人間の眼の前に現われ、現われ、燃えるだろう。
人間が地平線を量るのをみて、神々は、
古い枷《かせ》をいやしめ、恐怖をしらないあなたは、
人間どもに聖《きよ》い贖罪《しょくざい》を与えにやってきてくれるだろう。

この広大無辺な宇宙に、
大海原の波の上にきらきらと照りかがやいて、
不滅の微笑もて無窮の愛を示しながら、あなたは現われたもうだろう、
荘厳な接吻で身をわななかせ、
世界は、大きな竪琴《たてごと》のようにふるえる。

——この世の愛はひからびついている。なぐさめに来てはくれまいか。君よ。
おお、肉体の光輝《かがやき》よ！　おお、理想のまばゆさよ！
おお、再現する愛の源泉《いずみ》。勝鬨《かちどき》つくる曙《あけぼの》よ。
神々と英雄とは、あなたの足もとに身をかがめ、
まっ白なカリピグ[八五]と、小さなエロス[八六]は、
雪とふりかかる花薔薇に埋もれて、
女たちと、そのきれいな足の下に咲いた花々を摘みとるだろう。

Ⅳ

おお、偉大なアリアドネ[八七]よ。
岸辺ですすり泣いているおまえ。
ま昼、白帆を張ってテゼーの帆船が、

波路はるかに辷《すべ》り去るのをかなしく見送っているおまえ。
おお、あの夜、おまえは身を汚された。やさしい処女よ。もう、泣くのをおやめ。
黒葡萄を吊《つる》した黄金《きん》の車で、リジオスは、放逸な虎や、まっ赤な豹《ひょう》に導かれ、
フリジア[八八]の野を駆け廻るが、彼のゆくところ、
川の青波も、淵瀬《ふちせ》の泡も、いっしょに酔って赤く染まる。
牡牛《おうし》に変身したゼウス[八九]は、裸なヨーロペ[九〇]を、
高くさしあげて、子供のようにゆする。
波をのりきって揺れる神の逞《たくま》しい頸《くび》に
彼女は、もろ手をかけて必死に縋《すが》る。
陶然とした目をあげて見あげるゼウス。
花のような白い頬《ほお》をくっつける彼女。
ゼウスの額で閉じた彼女の目。やがて、
彼女が接吻に絶え入れば、彼女の丈髪は流れて金の泡波が花と咲きかかる。
夾竹桃《きょうちくとう》と、にぎやかな睡蓮《すいれん》のあいだを、
夢みる大きな白鳥は、純白な羽で
レダ[九一]を抱きかかえたままうっとりとなって流されてゆく。
そのとき、世にありともおもわれぬうつくしいシプリス[九二]は、
腰のあたりを弓なりにそらせ、

みごとにふくらむ金色の大きな乳房をこれ見よがし、
黒苔《くろこけ》で飾る雪白の腹を、見せびらかすのであった。
猛獣つかいのヘラクレス[九三]は、勇猛果敢な大男、
光栄の記念に獅子《しし》の生皮をからだにまきつけ雄々しい、優美な額をあげて、のしのしと地の
　はてにすすみよる。

おぼろげな夏月に照らされ、
黒髪のその長髪の波間に隠れて、
どこか蒼褪《あおざ》めた金色に、裸で立って、夢み心地に、
沈黙の夜空をふりあおいでいるドリアード[九四]。
森ふかい空疎《あきま》の銀にきらめく苔地で、
色白なセレネ[九五]は、うつくしいエンディミヨン[九六]の足の上に、
おずおずとおのが被衣《ヴェール》のはしを触れさせ、
うすあかりの月のひかりのなかで、彼への接吻を投げる。
心身恍惚《こうこつ》のはてに、ほそぼそと泉はすすり泣き、
水盤のふちに肘《ひじ》をついてニンフは
波立つ水がえがいてはかき消す若者の姿を夢にみる。
この夜更け、愛のそよ風はふきすぎ……
神聖な森の、大きな木々の恐怖のなかに

無言でじっと立ちつくす、陰気な大理石像、鷽《うそ》が額に巣をかけるその神々は、
人間の社会と、無限の世界とに耳を傾けてきき入るのだ。

一八七〇年三月

オフェリヤ[九七]

I

星かげがきえてはうつる、くらい、しずかな波のまに、
オフェリヤ姫は、ふうわりと浮かぶ。一茎の大輪の白百合《しらゆり》の花。
ながい紗《しゃ》のかつぎもろとも、そっとおろしたようなかるさで。
はるか、森の奥からきこえる、鹿を追う勢子《せこ》のときの声。

あわれなオフェリヤ姫のほのかな幻が、くらい川すじをどこまでもただようてからもう、
千年もすぎてしまった。
彼女のいじらしい狂乱が、夕風に
その恋をささやいてから、もう、千年もすぎてしまった。

風は、彼女の胸に唇ふれ、波のまにまにゆるやかにゆする

彼女のうす絹を大きく、花冠のように吹きひろげた。
乱れる柳の小枝は、彼女の肩先のあたりですすり泣き、
彼女の夢みるひろい額が、葦《あし》の茎をわずかかしげる。

おしつぶされた睡蓮《すいれん》は、彼女のからだのまわりでなげく。
ときには、小さな翼のおののきをつたえて
榛《はしばみ》の木のなかの巣で眠っているものを、彼女の流されてゆくからだがよびさました。
金の星々からふってくる、神秘な唄《うた》。

II

おお、色蒼《あお》ざめたオフェリヤ姫。雪より白い君が面輪《おもわ》。
君は、ねんねえで、川の手につれてゆかれて死んだ。
ノルウェイの大きな山々からふきおろす寒風が、
低くおりてきて、むごたらしい自由を君に教えたものだった。

君の髪を笞《むち》うち、
夢をみる君の心を、凄まじい騒音でみたした息吹《いぶき》だった。
木々の慟哭《どうこく》、夜の吐息のなかに

君は、大自然の叫びをきいた。
断ちきれない喘《あえ》ぎに似た海の潮が、
君の子供っぽい胸には、人柄で、やさしくおもえたのだ。
四月のある朝、顔色の澄んだ青白い一人の騎士、
おろかな狂人《九八》が、君の膝に来て、だまってすわった。

空よ。愛よ。自由よ。ああ、あわれな狂女よ。この夢はなにごと！
火にとけてゆく雪のように、君は、我と我をとかした。
君の大きな幻影が、君の言葉をくびり殺した。
——怖るべき無限は、君の青い瞳《ひとみ》をどんなにおどろかすことか。

Ⅲ

詩人は今もいう。星あかりで、
君は今も、夜になると、君が摘んだ花をさがしにやってくると。
また、ながい被衣《かつぎ》とともに水を臥床《ふしど》として
色白なオフェリヤ姫が、大きな白百合のように浮いていたのを見てきたと。

首吊りの舞踏会

愛敬者《あいきょうもの》の手ん坊野郎の黒い絞首台。
その上で、さむらいどもが、おどるわ。おどるわ。
ひょろひょろ痩《や》せっぽちのさむらい
サラディン[九九]どのの骸骨も。

ベルゼブス[一〇〇]どのは、襟飾りから、
天をにらんでもったいぶって、からくり人形どもをひっぱり出し、
古靴の底へ、そいつらの額を叩《たた》きつけては、
むかしのノエル[一〇一]の唄に合せ、せっせ、せっせとおどらせた。

ふてくされた人形どもは、気ままにならず、腕を腕にからみつけ、
かつてどこかの姫上が抱きしめた
黒いオルガンのような、がらん洞《どう》な胴体は、

不体裁な情事《いろごと》ゆえに、いつまでもぶつかりあう。

こりゃどうだ。とびはねる踊り子どもは、腹がない。
はねまわるのは勝手だが、茶番芝居がながすぎる。
まて、まて、それでは、喧嘩《けんか》だか、踊りだかわからないぜ!
ベルゼブスもやけくそで、ヴァイオリンをひっかき回す。

固い踵《かかと》だぞ! サンダルがすり切れる心配なら無用!
どいつもこいつも革シャツをぬぎすてた。
のこっている奴だけは、少しはまともで、恥しらずでもないらしい。
頭骸の上にふりつもる雪のシャッポ。

ひびの入った頭には、止まる鴉《からす》がよい飾り。
そいつの痩せた顎《あご》の下で、肉一片がふるえている。
ごったな闇を入りみだれる、ぎすぎすとした骨の勇士どもは、
厚紙の鎧《よろい》や物の具で互いにぶっつかりあった。

大骸骨舞踏会、そらきた、北風一陣、

黒い絞首台は、鉄オルガンのように呻《うめ》き、
それに応《こた》えて、濃紫の森から狼どもの遠吠え。
地平の空は、地獄の火照りだ！

そこにいる死にそこないの糞坊主をふり落としてしまえ。
こわれた太い指で、図々しくも、
からびた肋骨《ろっこつ》のへんで、愛の念珠などつまぐっている奴だ！
なあ。亡者衆。ここは修道院じゃないからな！

死人踊りのまっ最中、
赤々と焼けた闇空に、見あげるような大きな骸骨が現れ、
ありもしない手綱をかいくる身振りで、
後足で立ち上る駻馬《かんば》に鞭うつごとく、跳躍《ちょうやく》して、

なにか嘲弄《ちょうろう》の叫びをあげ、
きしきしいう大腿骨《だいたいこつ》に、十本の指先をかたかた鳴らせ、
それから、掛小舎《ごや》へ引っこんでゆく道化のように
骸骨どもの踊りの上を、はねまわるのだった。

愛敬者の手ん坊野郎の黒い絞首台。
その上で、さむらいどもが、おどるわ。おどるわ。
ひょろひょろ痩せっぽちのさむらい
サラディンどのの骸骨も。

一八七〇年六月

タルチュフの罰[一〇二]

黒い僧衣のかげに、すき心をかきたて、かきたて
手袋をはめるあいだもわくわくと、
だが、うす気味わるいほど殊勝げに彼はその日、出ていった。
歯のぬけた口から、御利益の、黄色い涎《よだれ》をたらし、たらし。

奴が出かけたと知って、——「オレミュス」[一〇三]——一人のいたずら者が、
いきなり、奴の仏づらの耳を手荒くひっつかみ、
しっとりと脂ぎった肌をつつんでいた黒い衣《ころも》を剝《は》ぎとった末、
あらんかぎりの罵《ば》詈《り》雑《ぞう》言《ごん》を叩きつけた。

正に天罰だ！　奴のきものは釦《ボタン》もひきちぎられ、
犯した罪のながさほどある数珠《じゅず》玉《だま》を、
一々身にこたえてつまぐりながら、聖タルチュフは、顔色なしだった。

奴は、みんな白状した。息をせいせいいわせて許しを乞うた。
いたずら者は、僧衣の胸の飾りをひきちぎっておいて、歓声をあげたものだった。
——ぷっふ。タルチュフ奴。頭のてっぺんから爪先まで、すっかり裸になりやがった！

一八七〇年七月

泡のなかから生まれたヴィナス

油でこてこてな鳶色髪《とびいろがみ》の女の首が一つ、
ブリキでつくった緑の棺、
古ぼけた湯船から、ぼんやり、ふらりとあらわれる。
とりつくろうすべも忘れて、欠陥をさらけだして。

ずずぐろい、ふとい首。はば広く、尖った肩胛骨《けんこうこつ》。
いじくじな、短い胴。
皮下脂肪は、葉っぱのようで、
腰のまわりは、飛び出しそうにひらいている。

背柱は、すこしばかり紅味《あかみ》がさし、見ていると、
全体のかたちが、なんとなく珍妙で、雅趣さえある。そして、あっちも、こっちも、
天眼鏡でしさいに拝見したいほど、きてれつさが目立ってくる。

腰のところに、二つの言葉が彫りつけてある。「輝くヴィナス」——やがて、うごき出し、尾籠《びろう》千万にも、みごとな大尻をこっちへつき出して、肛門の腫物《はれもの》まで見せてくれたのだった。

一八七〇年七月二十七日

拾遺　第二部

ニナを引きとめるもの

あなたの胸を僕の胸によせかけ
ねえ！　二人で行ってみようよ。
葡萄酒《ぶどうしゅ》のような陽《ひ》の色を浴びて
このすばらしい早朝の
　新鮮なエーテルを、
鼻腔《びこう》いっぱい吸い込もう。
この時、森じゅうが血に染まる。

恋しさにものも言えないで、からだばかりふるわせて。

　どの枝にもあかるい木の芽が
エメラルドの雫《しずく》のようだ。
さらけ出された一切が、
その肉体をおののかせる。

苜蓿《うまごやし》のしげるなかに、
ながい肩掛をあなたはひきずる。
あなたのふかい黒眼のふちを
青黛色《せいたいしょく》でかこむ神々しさ。

　あなたがどこへでも、
シャンパンの泡のようにまきちらす
そのはればれした哄笑《たかわら》い、
あなたは、ほんとに野性的だ。

　酔いにまかせた手荒さで

あなたをつかんで、こんな具合に、
美しい編髪《おさげ》よ。
おお！——こんな具合に。
苺《いちご》や木苺のあなたの味を嚙みくだくときも、おお、花の肉よ。
あなたは、僕に笑いつづける。
盗人のようにすばやく、風が、
あなたの唇をぬすんでいっても、やっぱりあなたは、笑いつづける。

やさしくからみついてきて、
あなたを困らせる野薔薇《のばら》の枝に
とりわけ、声をはりあげて笑う。
恋人には身も魂もささげたあなた。

十七歳！あなたはしあわせでいなければいけない。
大きな牧場だろ。
語らうによいひろびろしたいなか！
——さあ、もっとそばへくっついて……

あなたの胸を僕の胸によせかけ
二人の声をからませ、
しずかに、あの窪地《くぼち》まで下りてゆこう。
それから、森ふかくわけ入ろうよ。

死んでゆく少女のように、
絶え入るばかりになって、
あなたは、僕に、〝抱いてよ〟と言うだろう。
目をうっすらとひらいて。

森の小径《こみち》のうえで、僕は、
わくわくしながらあなたを抱く。
はしばみの枝で、小鳥が
ゆるやかな調子で唄《うた》いだすだろう。

唇と唇がふれあうばかりにして語りあう。

子供をねかせる時のように、
あなたのからだをしっかり抱きしめて歩く。
あなたの血しおに酔っぱらって。

　薔薇色に染まった
あなたの雪白な肌の底を流れる青い血しお。
僕は、それから、単刀直入に語る。
――そうだよ!――あなたの知ってるあの話さ。

　僕らの森は、樹液でむせ返るようになるだろう。
太陽は、
赤ちゃけてどんよりした森の夢を、
金箔《きんぱく》で蔽《おお》うてしまうだろう。

　暮れかかったら?……どこまでもつづくほの白い路を、
家路をさしてかえるとしよう。
道草をくう家畜のように、
いそぎもせずに、ぶらぶらと。

草青々と茂る果樹園の
ねじくれた林檎《りんご》の木のならび、
一里もへだてて、よいにおいが、
こんなに鼻をひこつかせる！

わずかに微仄《びそく》が空に残るころ、
僕ら二人はやっと村へと辿《たど》りつく。
夕ぐれ刻《どき》の空気にまざりあい
乳のにおいがただようている。

熱い寝藁《ねわら》でいっぱいな、
ゆるやかな牛の息ざし爽《さわ》やかな、
またはさしこむあかりに白々と、
大きな背中の見えている
そんな牛小屋の気配もするよ。
あっちのほうでは、

牝牛が得意げに糞《ふん》を落とす。
一足ごとに一つずつ。

祖母《ばあ》さんの眼鏡は、
ミサの書にくっつくような
長い鼻の先に止まる。
鉛の箍《たが》を巻いた、麦酒《ビール》のコップは、

大きな煙管《パイプ》のあいだで泡立つ。
ぱっぱ、ぱっぱと煙を吐き出す
厚い大きな下唇で、
ほとんど同時に、

フォークの先で、大きなハムを
引っさらうようにぺろりと受ける。
小さな寝床を照らす暖炉と、
大小戸棚。

ふとった子供の
脂《あぶら》の入った、つるつるしたお尻。
その子はしゃがんで、茶碗《ちゃわん》のなかに、
まっ白な鼻のあたまを突っ込む。

ほかの鼻づらが、触れあうばかりに、
寛大な調子でつぶやきながら、
とうとうしまいにかわいい子供の
丸い顔をべろりとなめる。

椅子のはしっこに、赤く、黒く、
——不快な横顔——
熾火《おきび》を前に、糸をくってる
一人のお婆さん。

灰色の窓を
焔《ほのお》があかるくかがやかすとき、
こんなあばら家にも、

愛する人よ。どんなに多くのものが見えてくることか！

それから、ごらん。リラの木蔭に
あんなに住みよい、良いかくれ家が、
かくれた窓が、
あんな所で、笑っているよ。

きておくれ。きておくれ。僕はあなたが好きなんだ。
たのしいことになりそうだ！
きておくれ。ねえ。いいだろ？　そうしたら……

彼女

でも、そうしたらお仕事は？

一八七〇年八月十五日

A LA MUSIQUE[一〇四]

シャルルヴィル[一〇五]駅前広場で

しみったれた芝地で仕切られた広場《プラス》のほとり、
植込みも、花壇も、なにもかも型にはまった辻公園に、
市民たちはみな、暑熱に苦しんで、せいせいと息をきらせながら、
木曜日の暮れがたになると、それぞれ嫉《そね》みぶかい愚劣さをひっ提《さ》げてより集まる。

公園のまんなか所に、軍楽隊は、
ファイフ[一〇六]のワルツで、ハンガリヤふうな軍帽をゆすり、
それを取り巻く第一列付近は、気取り屋どもの晴れの席、
公証人は、姓名の頭字入りの安物装身具を自慢顔だ。

鼻眼鏡の金利生活者連中は、調子がはずれるごとに傍線引きに余念なく、
ずんぐりした役所勤めは、一倍肥えた細君をひっぱってござる。
その傍らには、おせっかいな象つかいども。
裾《すそ》かざりが広告ポスターのような女連。

隠退した香料商人のクラブでもあろうか。緑のベンチで、
人の顔のにぎりのついたステッキで、砂をかっぽじり、
真剣な顔で、論議をたたかわせるが、
遂に、金銭のことに落ち着き、〝要するに、それは……〟で鳧《けり》がつく。

丸々としたからだをベンチにのさばらせているのは、
釦《ボタン》を光らせたブルジョア連。ビール腹のフラマン人[一〇七]は、
刻み煙草をつめこぼしながら、オナイング[一〇八]を賞味していう。
――ごぞんじですか。これは飛び切りの禁制品です。

緑の芝生のむこうでは、腕白どものひやかし笑いの声。
トロンポンの歌でそそられて、
きまじめ装い、薔薇《ばら》の花をさがしたりして、歩兵たちは、

子守《こもり》娘を手に入れようと、赤ちゃんをあやしにかかるのだった。

そこで僕のことになるが、だらしのないなまけ学生というところで、
マロニエ[一〇九]の並木の蔭で、跳《は》ね上り娘を物色するが、
先方でも承知の助で、微笑《ほほえ》みながら、僕のほうへ、
無遠慮千万な流し目をかえす。

僕のほうでは、なんにも言えず、いつも眺めているばかりだ。
乱れかかった髪の房で、一きわくっきりと白いその襟首《えりくび》、
彼女たちの胴着や、うすい衣裳《いしょう》の下に僕の眼は走り入り、
肩のまるみから、背すじを辷《すべ》りおりてゆき、

僕はまた靴をさがし、靴下にまでとどくのだった。
そして僕は、熱病的に燃え上る美しい娘たちの裸をおもいうかべてみるのだ。
彼女らは、僕をへんな奴だと気づくかして、ぼそぼそと低い囁《ささや》き声になる。
僕は、この唇にぴったりと、その娘たちの唇の味を感じる。

一八七〇年八月

三つの接吻のあるコメディ

彼女が、しどけない恰好《かっこう》をしていたので、
無作法な立ち木は、近々と、近々と、
下心でもありそうに、窓の外から
のぞきこみ、その葉でガラスをたたいた。

大きな肘掛椅子《ひじかけいす》にもたれて、
裸に近い恰好で、彼女は腕をくみ
そのすんなりとした可愛い足は、床《ゆか》の上で
こころ安さで、けいれんしていた。

一すじの陽《ひ》が灌木《かんぼく》を漏れ
彼女の微笑や、あらわな胸にちらちら飛びうつるのを、
蠟色《ろういろ》になって僕は眺めた。

薔薇《ばら》の花虻《はなあぶ》のような光を!
しなしなとした踝《くるぶし》を抱いて僕は接吻した。
あかるいトリロとなってこぼれ散る
水晶の笑い声が、そのあいだ
わざとらしくつづいていたが、

小さな足は、シュミーズの下に
逃げこんだ。〝駄目よ。そんな……〟
最初の無作法はゆるされた。
やさしくにらんだ笑い顔。

僕の唇の下でどきどきしている小さな足。
今度は、そっと彼女の瞼《まぶた》に唇をつける。
かわいい顔をぐいとうしろへそらせて、
〝ああ、それじゃあ、おんなじじゃないの?
ねえ。あなた。ちょっと、あたし。……〟

僕は、もうおかまいなく、
のこりの接吻を一まとめにして彼女を抱けば、
彼女もまた、笑いに笑って、身を任せた。

彼女が、しどけない恰好をしていたので、
無作法な立ち木は、近々と、近々と
下心でもありそうに、窓の外から
のぞきこみ、その葉でガラスをたたいた。

一八七〇年九月

小説

I

十七歳ともなれば、朴念仁《ぼくねんじん》ではいられない。
爽《さわ》やかな夕ぐれ時には、——燈火まばゆいキャッフェのがやがやや、
レモネードや、ビールなんかはもう興ざめで、
遊歩場の緑の菩提樹《ぼだいじゅ》の蔭にゆく。

菩提樹は、いい匂いを立てる。六月のかんばしい宵々。
おもわず瞼《まぶた》をそっと合わせるほど、時おり、空気は甘やさしくなる。
街がそんなに遠くもないので、風は物の響きをはこんでくる。
葡萄《ぶどう》のにおい、ビールの匂いを。

II

小枝のあいだに澱《よど》む蒼穹《あおぞら》の
ふかさをじっと眺めていれば、
凶兆の星が一つ空に突っ立って、白く、小さく、
わななき、わななき、溶けてゆく。

六月の夜！　十七歳！……身を陶酔にまかせて。
血液はシャンパン酒。頭までかっと燃えて、
ふらつきゆけば、この唇に、
小さな生きもの、接吻のうごめくむずがゆさをあからさまに感ずる。

III

狂おしい情熱は、小説《ロマンス》とともに漂流する。
そのとき、ガス燈の草萌《もえ》いろの光のなかを
一人のやさしいお嬢さんが通った。
いかめしい高いカラーの父親の蔭になって。

彼女は君をたいそう純情だと見ぬいたので、
小さな編上げ靴の足早で、
行きすぎざまに、すばやくふり返る。
唄《うた》っていた君のヴァチナ[一〇]がそこで消える。

Ⅳ

八月まで、君は恋慕の日をおくる。
君は詩を作っておくる。彼女は、見て嗤《わら》う。
友人たちは君から遠ざかる。君は、いやな奴になる。
――するとどうだ。すばらしいじゃないか。彼女からの手紙が、ある夕届く。

その晩、君は、光まばゆいキャッフェにはいり、
レモネードとビールをいいつける。
十七歳ともなれば、朴念仁ではいられない。
遊歩場の緑の菩提樹の蔭をさまようころともなれば。

冬のための夢

彼女に

冬になったら、二人つれ立って、薔薇色《ばらいろ》の列車の
腰掛の空色に埋もれて、でかけよう。
そりゃあ、素的だぜ。ふっくらとしたどの隅々《すみずみ》も、
狂おしい接吻の巣というわけさ。

走り去る窓外の、うら悲しい夕景のしかめっ面《つら》を見ないように、
君は、そっと眼を閉ざしたほうがいい。
非理非道な人間や狼どものいやしいあつまり、
意地悪なばけものどもが外にはいるだけさ。

やがて、君は、頬《ほっ》ぺたが疼《うず》いてきたのに気がつくだろう。
気の狂った蜘蛛《くも》のように、接吻が、
君の頸《くび》すじを駆けまわるだろう。

君は、すこし首をかしげて僕に言うだろう。〝さがしてよ！〟
それから、二人は血眼《ちまなこ》になって、さがすだろう。
その変幻出没する小動物、接吻を。

汽車の中で
一八七〇年十月七日

悪

機関銃が吐きかけてよこす赤い唾《つばき》が、
終日、小止みなく青空にむけて、つぶやきの音を立て続ける。
緋《ひ》に、緑に飾り立てた幾部隊が、
冷やかに眺めたもう王の御前で、敵の砲火を浴び将棋倒しになる。

身の毛もよだつ狂暴なからくりで、
幾千万の人間が血まみれな堆積《かたまり》となりはてる。
――酷烈な暑熱のもと、叢《くさむら》のなかに、よろこんで死んでいった哀れなものよ。
ああ、自然が、きよらかなものとして作った人間の一人一人を、あたらむざむざ。

この期にもなお、浮き織りの結構な祭壇布や、香炉のかおりや、黄金の大聖餐杯《だいせいさんはい》を前にして、
神さまが、いい気になって、

讃美歌のふしにゆられて居眠りしているとは。

そのくせ、黒い古ボンネットの下ですすりあげ、
苦悩にひしがれた母たちが、
ハンカチーフに包んだへそくりを賽銭《さいせん》に投げる時だけ、細目をあけるとは。

一八七〇年十月

セザール[一二]の怒り

顔蒼《あお》ざめた人が、花咲く芝生を通って
黒衣をまとい、口に煙草をくわえてすすむ。
顔蒼ざめた人はチュイルリの花々[一三]のことにおもいふけり
時おり、その陰鬱《いんうつ》な眼は、熱烈な輝きをしめす。

なぜだろう？　皇帝は、饗宴《きょうえん》また饗宴の二十年の生活に倦《う》みはて
常々、いうのだった。〝わしは自由を吹き消す。
蠟燭《ろうそく》の火を消すように、そっとな〟と。
自由は再び現われる。彼は身のひきしまるのをおぼえる。

彼は憑《つ》かれている。その物言わぬ唇に、いかなる言葉が打ちふるえ、つぶやかれるか？
詮方《せんかた》もないいかなる悔恨が、その心を嚙《か》むだろうか？
誰もしらない。皇帝が死人の眼を持っていることを。

おそらく、眼鏡をかけた神について彼は、くり返し思いふけるのだろう。
――そして、昔の栄華の跡、サン・クルード[一三]の歓楽の夕の、やさしい、青い雲のように、
煙草の煙のたなびきのぼるのを眺めている。

一八七〇年十月

キャバレ「緑」

夕暮れの五時

八日このかた、僕は道の小石で、
この靴をこんなに、ぼろぼろにして、やっとシャルルロアに辿《たど》りついたのさ。
キャバレ「緑」で僕は、冷えかけたハムと、
バタをはさんだパンを注文して、

やれやれ、とばかり、両脚を緑の卓の下でのばし、
腰掛けの気にも止まらぬような図柄を見るともなしに見ていると、
すごいじゃないか。
目もとすずしい、ゆたかな乳房の、一人の娘がそこへ現われたんだ。

——接吻ぐらいで恐れをなすような娘ではなさそうな！
にこにことして、絵皿のうえにのせた、
バタとハムのはさみパンを彼女ははこんできた。

はげしい韮《にら》のにおいの、白いあぶらと淡紅のハム。
そして、彼女がビールコップ一ぱいについでくれる泡立ちにつれて、
落ちなんとする太陽で、コップの酒は金色に沸き立つのだった。

一八七〇年十月

ザールブルック[一一四]の輝く勝利

皇帝万歳の叫びにはこばれて

美しく彩色した版画で三十五サンチーム[一一五]でシャルルロアで売られた

中央の青と黄の曳幕《ひきまく》から、皇帝は退場だ。
燦然《さんぜん》とかざり立てたお馬の上で、しゃちこばって。大満悦で。
だって、彼の目には一切が、薔薇《ばら》なんだからな。
ゼウスのように残忍で、父親のようにやさしい陛下。

下では、金色に塗った太鼓や、赤い大砲のそばで、
昼寝していた従順な歩兵連がおもむろに起き上がり
ピトー君は、上着を着込んで、
皇帝のほうをふり仰ぎ、皇帝という名の偉《おおい》さに、ぼうっとなる。

右方では、デュマネ君が、銃床にもたれながら、
刷毛《はけ》のような髯面《ひげづら》を見て身ぶるいし、
〝皇帝万歳〟とおもわず叫ぶ。その隣りは、しんと黙っている。

軍帽が一つ黒い太陽のように現われる。——まんなかに
赤と青のきものを着た樵夫《きこり》が、天真爛漫《てんしんらんまん》に腹ばいになって
うしろの者どもをふりむいて言う、〝いったい、どうしたことだい？……〟

一八七〇年十月

こまっちゃくれた娘

　ワニスとくだものの匂いのぷんぷんするくすぶった食堂のまんなかで、
大きな椅子に脚を折って、僕は、
悠然《ゆうぜん》と、僕のしらないベルギー料理の
一皿を前に、斜《しゃ》にかまえる。

食べながら僕は、柱時計の音をきく。幸福で平和なあたりの空気。
調理場の扉があいて、湯気がもんもん。
そして、女中が姿を現わす。どういうわけだか、
ネッカチーフは半分ぬげ、こまっちゃくれた髪のゆわえよう。

　うす桃色のビロードの、産毛《うぶげ》の頬《ほお》を
ふるえる指で撫《な》で廻し、
子供っぽいその唇を尖らせ、ふてた顔をしてみせる。

私のそばへよってきて、僕のとりよいように皿をならべ
それから、こんなふうに——接吻をしてほしいにきまっているがね！
低い、低い声で、〃ほら、さわって。頬っぺたがこんなに冷たいのよ〃

一八七〇年十月、シャルルロア

拾遺　第三部

わがちいさい恋人たち

涙の蒸溜香水が
キャベツ緑の空を洗う。
ゴムのようなおまえの弾力にあこがれる
新芽の樹の下で、
　まるい暈《かさ》をつけた
一きわ冴《さ》えた月の白。
靴と靴をぶつけあえよ。

わがみにくい娘たち。

あの頃、僕らは愛しあった。
蒼白《あおじろ》いみにくい娘。
半熟の茹卵《ゆでたまご》と
はこべの葉を食べたっけ。

ある夜、僕のことを詩人だと言った
ブロンドのみにくい娘。
ここへおりておいで、
僕の膝の上で、叩《たた》いてあげるから。

僕は、髪の沢《つや》出し油を口から吐く。
黒髪のみにくい娘。
おまえは、僕のマンドリンの糸を、
おでこで断ち切ったかもしれない。

ぺっ。乾いた二人の唾《つばき》。

赤毛のみにくい娘。
おまえの丸々した胸の谷間の
むかつく臭《にお》いが忘れられない。

おお、わが幼い愛人たちよ。
僕は、おまえたちを嫌う。
おまえたちのみにくい乳房を
苦悩の息吹《いぶき》で蔽《おお》うてしまえ！

わが感傷の古い蓋物《ふたもの》を
踏みくだけ！
それっ！——この瞬間、
舞妓《まいひめ》になってくれ！

おまえたちの肩骨は脱臼《だっきゅう》する
おお、わが愛するものよ。
跛《びっこ》をひいたおまえの腰の、星もともに、
軌道を走りまわれ。

僕が詩を作ったのも、
この豚の肩肉どものためだったのか？
僕は、かつて愛したとは言いながら
おまえたちの臀《しり》をぶち砕いてしまいたいほどだ！

射損じた星々の、味気ない群よ。
空の隅々までいっぱい鏤《ちりば》めよ。
——いやしい配慮でつれてゆかれて、
おまえたち、飛び散って神となれ。

まるい暈をつけた
一きわ冴えた月の白。
靴と靴をぶつけあえよ。
わがみにくい娘たち。

正義の人

断片

　正義の人は、しっかりと腰を据えて、まっすぐに立っている。

光が来て、その肩を金粉で染める。

僕は汗みどろになって叫ぶ。

『流星が緋《ひ》に閃《ひらめ》くのを君は見たくないかね？

また、こしけのような銀河や、小惑星の蜜蜂の群れが羽音うならせるのを、きいてみたくは
　ないかね？


　夜の茶番劇で、君の額はねらわれているよ。

おお、正義の人よ。肝心なことは眠るべき屋根あることだ。

せいぜい祈りたまえ。君の寝床の敷布のなかの、やさしい祈で償いをうることだよ。

もし、どっかの迷い児が君の骨にぶつかったら、言ってやんな。

同胞《きょうだい》よ。も少しあっちへ行ってもらおう。身体不具なんだから！　とな』

　正義の人は、太陽の落ちたあとの青ざめた芝生の上に、
びっくりして立ちつくしている。
『さあ。君の鎧《よろい》の脛当《すねあて》を売りに出したまえ
御老人。聖地の巡拝者どの。アルモル一一六の吟遊詩人どの。
オリヴィエ一一七山で泣いたお方！　同情の手袋をはめた手！

　一家のお髯《ひげ》。町のなかのにぎり拳《こぶし》。
ああ、花の萼《うてな》におちこんだ心。
尊厳や、徳行、愛や盲目についてやさしく考える
正義の人よ。牝《めす》の猟犬よりも、もっと忌々《いまいま》しい、嫌悪《けんお》にみちた塊が君なんだ！
僕？　僕は、ただ苦しみ、反逆した人間だ！

　君は、僕を腹這いにして泣かせる。馬鹿の骨頂さ。

その上お笑い草にも君が僕をゆるしてくれるという特製の希望もあるんだ！

知ってるだろ！　僕は、君の望んでいることごとに、あきはてうんざりして、血の気までな

くなってしまうんだ。
だが、君は寝にゆくがいい。そして、
正義の人よ。僕には、君のしびれた脳髄なんかになんの用もないんだよ。

君が正義の人なんだ。たしかに、それはまちがいない。それでいいじゃないか。
君の慈悲と、悩みをしらぬ常理とが、
夜更《ふ》けて、鯨《くじら》のように鼻を啜《すす》っているということも本当だ。
ぶちこわされた怖るべき鉗子《かんし》の上で、君は、
おのれを死刑に墜《おと》しておいて、哀禱《あいとう》の千万遍をわめきちらすとおなじ愚をやっている！

つまりそれが神の眼なんだ！　陋劣《ろうれつ》千万な！
僕の首の上に、ミサの道具の冷たい木の肌ざわりがふれた。
まったく君の、いやしさときたら！　蝨《しらみ》の卵でうようよしているその額！
口にもしたくない君たちの名は、ソクラテスとイエス。聖人と賢人なのだ。
血まみれな夜な夜な、最も呪《のろ》われたものを尊敬するんだ』

僕は、そう言って地上から叫びつづけていた。
しずかな、しらじらとした夜が、この煩悶《はんもん》のあいだ、空を占めていた。

僕は、額をあげた。僕の唇から残忍な皮肉を摘みとったまま
亡霊は立ち去った。……
――夜風よ。呪われたもののところへ吹け。そして話してやれ。

しかし、天柱のもとで、黙々として、
宇宙の交点と、彗星《すいせい》との、宏大な運行を
破綻《はたん》なくうごかしながら、『大秩序』は、
永遠に眼ざめているものは、輝く空にかかる手で、
炎の網を投げては、星々をひろげるがままにさせているのだった！

一八七一年七月

注釈

一 サンサシオン　感覚。

二 牧神　ローマ神話、田園神。家畜を保護し、狼の襲来からかばってやり、農業を保護する。パンの神やシルバン神の姿から暗示をえて、ローマ人が想像した神、半神半羊の像。全身は剛毛で蔽《おお》われていて、頭に短く突き出た角をもち、山羊のような脚をしている。ふざけ好きな神。

三 ボナパルト党　ボナパルト家の政治制度もしくは血統に愛着をもつものの一派の政党。

四 九十二年　一七九二年。革命の年、この年四月フランスはオーストリアに宣戦した。八月暴民チュイルリ宮を襲い、ルイ十六世を幽閉し、国民議会を解放し、パリの囚人を解放し、五日間虐殺があった。九月ヴァルミーの戦いで、ジャコバン党の優勢をきたして外交的に攻勢に出た革命フランス軍が、保守的なルイ王朝を支持するプロシア、オーストリアの両軍を破った。そのとき仏将ケレルマンは、いわゆる「ヴァルミーの砲撃」によって普墺同盟軍司令官グランスウィック公を退却せしめた。国家万歳と叫んで勝利をえたので有名（九月二十日）。

五 ヴァルミー、フルーリュ、イタリーの戦死者　前記参照。ヴァルミーは、東部フランスにある。フルーリュの戦いは、一七九四年革命フランス軍の元帥ジュルダンが、オーストリア軍を破って勝利をえた。一七九六年、すでに革命軍の将として活躍していたナポレオン・ボナパルトがオーストリア軍を追って、その年の十月にイタリアにはいり、パルマ、モデナ、ナポリに至り、法皇と和し、カンポ・フォルミオ条約により、リグリヤ共和国をフランスの保護国となし、墺領ネーデルランド（ベルギー）ならびにライン左岸を獲得した。これによりナポレオンは国民の絶対信念をえた。これをイタリア戦という。その三つの戦いの戦死者。付記――ポール・カッサニヤック（一八四二―一九〇四年）は、父のガルニエとともにフランスの有名な著述家であり、また政治家であり、ボナパルト党の最も有力な首領の一人。

六 ミューズ　歌謡をつかさどり、また、記憶をはげますギリシアの女神。ジュピターとムヌモジンヌのあいだにできた九人の娘。クリオは歴史を、ユーテルプは音楽、タリーは喜劇を、メルポメンヌは悲劇を、テルプシュールはダンスを、ウラートは悲歌を、ポリムニーは叙情詩を、ウラニーは天文学を、カリオープは雄弁と英雄詩をつかさどる。彼女らは、音楽師アポローとともに住んでいた。

七 小さなプーセ　ペローの最もすばらしい小話のうちの主要人物。

樵夫《きこり》夫妻に七人の子供があり貧困のためその子を森にすてにゆくが、末の子が聡明《そうめい》で路々白石をまいてそれを目じるしにかえってくる。

八 ファウスト　ドイツの伝説的な魔術家の名であり、ファウスト伝説はとりもなおさず、地上の宝と交換にみずからの魂をメフィストフェレス（悪魔）に売った人の物語で、ゲーテのドラマによって有名となる。

九 ディアボロ　一七七一―一八〇六年。イタリアの有名な山賊。フラ・ディアボロの名は、人民の僧侶と悪魔を兼ねた超人的な強賊として迷信の的となった。襲来したフランス軍に対抗したが、後射殺された。オーベルの有名なオペラ「フラ・ディアボロ」となった。

一〇 ヴィナス　愛と美の女神、ギリシア名はアフロディテ。ジュピターとディオネの娘であって海の泡から生まれたともいわれる。神々のうちでいちばん醜い鍛冶屋《かじや》の神グァルカンの妻に神々のうちいちばん美しい彼女がなったことが皮肉とされている。セスタスという悲恋をそそる力のある帯を持っている。

一一 ゴンドラ　ヴェニスで使用される有名な小舟。船体を黒で塗った平底舟で長さは約九メートル、幅は約一・二メートルから約一・八メートル、深さが三十センチくらいの軽い小舟で、こぎ手は二人もしくは一人、櫓《ろ》であやつる。遊覧用多し。

一二 チエールやピカール　アドルフ・チエールは一七九七年にマルセイユで生まれたフランスの政治家にして歴史家、一八七七年にサン・ジェルマン・アン・レイユで死んだ。『フランス革命史』の著者、一八一九年弁護士となり、パリに行って新聞界にはいり、次いで一八三〇年『ル・ナショナル』誌を創刊し、七月帝国の建設に貢献し、一八三二年大臣となり、六三年代議士となり、七〇年のナポレオン三世の普仏戦争宣言布告に反対したが効なく、七一年国民議会によりフランス第三共和制大統領となる。エルネスト・ピカール（一八二一―七七年）は、ナポレオン三世の第二帝政の時代にあっては反対党の頭目であり、第三共和制が成立すると、チエールのヴェルサイユ国民議会にあって閣員の一人に選ばれた。付記――次ページの、エロスの神は、愛の神。

一三 セーブル、ムードン、バニュー、アスニエールの森々　それはみなパリ付近の森で散策、遊歩に適す。

一四 コロー　一七九六―一八七五年。フランスの有名な風景画家、フォンテンブロオの一群の画家。空の色の美しさ、その絵の明るさの詩的な魅力によって有名である。

一五 ジュール・ファブル　一八〇九―八八年。リオンに生まれた有名な弁護士にして政治家。一八七〇年、第三帝政の失墜を提言して、国民議会の閣員となる。

一六 人像柱　軒蛇腹《のきじゃばら》を支えている女、もしくは男の像柱。

一七　三途の河水　地獄の川、元来レーテという原名は、忘却を意味し、その影は過去のすべてをのみこんでしまうとされる。

一八　聖歌合唱隊　カトリック教会の儀式のあいだに、子供たちがうたう合唱隊のこと。

一九　聖水盤　聖堂に信者が出入りする時、盤のうちの祝福された水に指をふれることによって信者はきよめられる。水は司祭が聖会の名で水と塩とを祝別し、これをまぜ合わせてすべての不浄、悪魔からまぬかれるためにこれにふれる。

二〇　嚙煙草　煙草を嚙んで吐きすてる嗜好《しこう》法、古来から用いられる。

二一　ジュアナ　魔女。

二二　女猟人　ダィアナのこと。ダィアナは父ジュピターより矢をもらって森の女王となり、彼女のおもな仕事は狩りである。猟人の神とあがめられている。

二三　ケンガバル、シオン　ケンガバルはペルシアの町。シオンはイスラエルの都市。

二四　マルセイエーズ　フランスの国歌で、一七九二年にライン軍のために作曲された。この歌は、ストラスブルグ防衛にあたって、フランス革命軍一将校ルジェ・ド・リールの作詞作曲になりライン軍の戦いの歌と言われたが、ライン軍がパリに現われるや、それはマルセイエーズと言われるに至った。

二五　錬金道術　金属を変質せんとする技術。この科学は、見出しあたわざる仙石をむなしく追究せんとする学問であり、また万能薬を求めんとするものであった。しかしながらそれは、化学への誕生をうながし、火薬、燐《りん》などの発見に曙光《しょこう》を与えた。

二六　聖体拝受　コムミュニオン。イエス・キリストが恩寵《おんちょう》を人間に与えるがための、救済の方法とされた儀式。キリストは人間を救うために身を犠牲にした。カトリック教会では、聖パン（普通メリケン粉で作ったうすい白色のパンで、司祭などの聖職者がそれを祝福すると、そのうちにキリストの犠牲の血と肉とが宿るとされる）を信者に与えることによって、信者は、キリストの聖餐《せいさん》の儀式にあずかることになる。聖体拝受は、普通、ミサのあとに行なわれ、それを受けるためには、カトリック信者でなければならぬことはもちろんであるが、さらにあらかじめ、自己の犯したいかなるささやかな罪なりとも聖職者に告白せねばならぬとされている。

二七　聖パン　注二六を見よ。

二八　ヨセフやマルタ　ヨセフのような人たち、マルタのような人たちという意。マルタはイエスに愛され、ラザロとともにエルサレムに近いベタニヤで生活していた。マルタはある時、キリストが来て妹マリヤが足もとでイエスの言葉に聞きほれているのを見て嫉妬《しっと》した。キリストはそれをたしなめた。兄ラザロが死んだ時、もしキリストがそばにいてくれたら死ななかったろうと言った。マルタはキリストのそばにあって妹マリヤとともに何くれとなく世話をし、十字架上の最後も見とどけた。ヨセフは、キリストの養父。

二九　ポケット　撞球《どうきゅう》のポケット。

三〇　勝てるもの　悪にうちかてるもの、または、悪魔たちにうちかてる天の聖衆。

三一　アドナイ　ユダヤ人たちが神をよぶ言葉で、主の意味。

三二　みゆるしの爽やかな味　神のたすけをえたものの言うに言われぬ歓喜の味。

三三　シオンの女王　イスラエルの女王。

三四　フラマン　フランドルのこと。ベルギー地方の古名。

三五　ギリシャ古劇　ディオニソス神の崇拝の祭礼から起ったギリシア悲劇は、アイスキロスの「ペルシア人」、ソフォクレスの「オイジポス」など、荘重雄大なもの。

三六　フロリダ州　北アメリカ合衆国の東南の半島、大西洋とメキシコ湾にはさまれ風光明媚《めいび》。

三七　レビアタン　聖書中で問題になっている怪物で、この言葉は、巨大、もしくは、おそろしい何物かをしめすために用いられる。イギリスの哲学者ホッブスは、それを表題として、政治道徳的な大著述をしている。

三八　ハンザ　北海バルト海の諸都市。

三九　ベヘモ　旧約でヨブが語っている怪獣、師父たちは、悪魔の象徴とみなした。

四〇　天使らの喇叭　天使たちが吹いている細長いラッパのこと。

四一　オメガ　Ω。ギリシア字母の最後の字、英語のOに当たる。

四二　イリュミナシオン　啓示。

四三　アキロン　ギリシア神話の北風の神、お多福の子供の頭で象徴し、はげしく風をふいている。

四四　元老院　スパルタ、アテネ、カルタゴに起因して、ローマでセナトスとよばれた政府の重要機構を形成する集会に与えられた名。

四五　婆羅門　古ヒンズー教の最高神、世界神々生物の創造者。

四六　Phoebe　フェーベ。アポロのこと、ギリシア神話の日の神。

四七　ドイツよ。シシリーよ　シシリーは、中世イタリアの都市で国家的な陰影を帯び、ドイツは、神聖ローマ帝国の伝統をうけついで、ともに中世のふかい神秘な味をただよわせる。

四八　オアーズ県　フランスのセーヌの支流オアーズ川の流域の県、森や川の美しいところ。

四九　蓮芋の水筒　地酒の水筒か。

五〇　カッシ河　フランスのプロヴェンス地方名称である。

五一　エスペリード　ギリシア神話、古代人がおどろきの的とする大西洋の島であり、桃源郷とされている。おそらく現在のカナリア群島。

五二 バビロン王　バビロニアの王のこと。バビロニアは、世界最古の文明の発祥地、現在の中央アジアにあった。太古にあってはエジプトとともに栄華を極めた都市国家が繁栄したが、現在では廃址《はいし》と化した。

五三 牧人たちの女王　おそらくはダィアナのこと。

五四 ミッシェルとクリスティヌ　ミッシェルは大天使聖ミカエル、南イタリアのアプリア州に聖堂がある。クリスティヌは、聖クリスチナ童貞殉教者のことか。イタリア、チロで没す。

五五 ソロンジュ地方　ロアール河の南。

五六 ゴール人　古代フランスの住民。

五七 林檎酒　発酵した林檎のジュースをもととして作った酒。

五八 七頭蛇　七頭の怪蛇。人が頭を切ればあとから新しい頭が現われる。一度に全部切り落とせばはじめて死ぬといわれる。この怪物を滅ぼすことは英雄ヘラクレスの十二の仕事の一つだった。

五九 ビッテル酒　にがいアルコール飲料、杜松《ねず》の中の精分をひたして得る。ジンに似ている。

六〇 モンロッシューの臭猫　モン・ロッシューはアラスカの岩山、そこにすむ臭猫。

六一 王旗　百合の花と王冠のついた古いフランス王朝の旗。

六二 路易王一族　おそらくは、ルイ十三世・十四世・十五世・十六世、ひいては幼くして没したルイ十七世をふくめたブルボン末期の諸王族をさすか。

六三 名づけ親　洗礼の際に、子供の額にふれ洗礼名を与えるもの。

六四 ベツレヘム　ユダヤのパレスチナの都で、ダビデ王やキリストの生まれたところ。

六五 ブルッセル　ベルギーの首都、ヴェニス、ウインナとともにヨーロッパの三大美観都市の一つ。

六六 ジュピター　ギリシア・ローマ神話の主神。チタン族を征服して、父王タツルヌの王国をくつがえし、ネプチューンに海を与え、プルートーに地獄を与え、彼自身は天と地をとった。

六七 サハラ沙漠　北アフリカの広大な砂漠で、エジプトから大西洋岸に来るまでひろがっている。

六八 ジュリエット　シェクスピアの有名な悲劇「ロメオとジュリエット」の女主人公の名。イタリアの名家の確執の間にあって敵の一族のロメオと相思の仲となりついに恋人とともに死ぬ。

六九 アイルランド　大英帝国本土を形成する島の名。

七〇 ギイア人　西アフリカのセネガンビからコンゴに至る地方の住民。

七一 アルメ　エジプトでは音楽は最大享楽だが、街頭でもしばしば歌手が歌いあるく。街頭歌手の女のほうをアルメとよぶ。

七二　ゴールの雄鶏　フランス国民の旗じるしの一つ。大革命の時、フランスの象徴だったが王政復古のときに一度消え、七月革命（一八三〇年）の時に再び現われ、ナポレオン三世によってまた、禁じられた。すなわち革命歌を歌うたびに万歳という意。

七三　A notre mère　我らのお母さんに。

七四　ルイ十六世　一七七四年即位し、一七九三年断頭台に立ったルイ王朝最後の王、オーストリアのマリー・アントアネットと結婚した。

七五　バスティユの牢獄　古くパリのポート・サン・アントアンに建てられた城壁であったが、一三八二年に国立の牢獄となり、後に、王権専制主義の象徴となった。一七八九年七月十四日パリの人民によって破壊され占拠され、革命の口火となった。

七六　ルーブル宮殿　ルーブル宮はパリにある古い王宮で、現今は博物館となっている。一二〇四年フィリップ・オーギュストの治下に建設され、ルイ十四世はすばらしい改築をした。ルイ王朝栄華の中心となった。

七七　チュイルリ　パリの古い王宮所在地であり一五六四年ごろから建造されはじめた。ヴェルサイユに王宮が建てられてから長いあいだ放置されていたが、大革命後、行政府の所在地となって、帝政時代には、主要な宮殿となった。一八七一年に火災にあった。現代は、散歩地とされている。

七八　赤帽子　ジャコバン党員は自由の象徴として赤帽子をかぶった。

七九　サチール　バッカス酒神の仲間であり、第二次的な重要さをもった神とされる。逆立った髪と、尖《とが》った耳、額に二つの小角をもち、山羊脚をしている。杖をもったり、笛を手にしたりすることもある。

八〇　牧神　注二を見よ。半神半羊の、ふざけ好きな神。

八一　ニンフ　ギリシア神話で、森や水や洞窟の中に住んでいると思われていた女神たち。海のニンフは、オセアニードとかネレイードとかよばれていた。川や泉のニンフはナイヤード、山のニンフはオレアード、野のニンフはナッペー、森のニンフはドリアードとよばれた。

八二　パンの神　家畜と牧人の守護神であり、バッカスのお伴をして山や谷の中を走り回り、ニンフの踊りにまじわり己れが発明した牧笛で伴奏したりする。彼もまた、角と山羊脚をもっている。

八三　シベール　地の女神。ジュピターの母であり、サチルヌの妻である。

八四　アフロディテ　注一〇ヴィナスを見よ。

八五　カリピグ　ナポリのカリピゴスの浴場でうずくまっているヴィナスは、肉感的なヴィナスとして知られている。

八六　エロス　愛の神すなわちキューピット。ヴィナスの子でヴィナスにつれそい、弓矢をもって思いの矢を神や人間の胸に射《う》ち込む。

八七　アリアドネ　ギリシアの英雄テセウスの種々の冒険旅行の途次、クレタ島のミノスの圧制からその国民を助けようとした時、ミノス王の娘のアリアドネに恋され、その援助により、王を射止めた。しかし、テセウスはアリアドネをおき去りにして出帆した。アリアドネは悲しみに沈んでいる時、バッカスが現われ妻とした。そして結婚の贈り物として黄金の冠を送った。アリアドネの死んだ時、バッカスはその冠を大空に投げあげ星座とした。

八八　フリジア　小アジアの中心にある地方。シベールの信仰によって有名。

八九　ゼウス　ジュピター。

九〇　ヨーロペ　フェニキア王アゼノールの娘で、牡牛《おうし》に扮装《ふんそう》したジュピターにさらわれ、クレタ島につれてゆかれた。彼女はクレタ島のミノスの母となった。

九一　レダ　チンダラス王の娘。白鳥に化けたジュピターに誘惑された。レダは卵を一つうんだ。その卵からトレア戦争の原因となったヘレンが生まれた。

九二　シプリス　ヴィナスの別名の一つ。東地中海のシプリス島で尊敬された。

九三　ヘラクレス　ギリシアで最も有名な英雄。ジュピターとアルクメネーとのあいだの息子であり、女神ジュノーは人間の母として、生まれた夫の子供たちにいつも敵意をもっていたので、ヘラクレスは、生まれた時から二匹の蛇で殺されようとしたが、嬰児《えいじ》の身でその蛇をしめ殺し、つづいて、世にいわゆるヘラクレスの十二の仕事と名づけられる冒険をせねばならなかった。

九四　ドリアード　森のニンフ。

九五　セレネ　ギリシア神話で月の女神。翼と金の王冠をかぶった姿で現わされ、二匹の翼ある馬をひいた戦車の中にすわるダィアナと同一視される。

九六　エンディミヨン　ラトモス山上で羊の群れを飼っていた美しい青年だったが、月の女神ダィアナが眠っている間じゅう恋慕し、眠っている間、羊の番をしてやった。

九七　オフェリヤ　シェクスピアの悲劇「ハムレット」の中の人物。絶望して狂気し、川べりの花を摘んで水の中に身をなげた。

九八　狂人　オフェリヤの恋人のハムレット王子。

九九　サラディン　エジプト、シリアのサルタン（回教王）。第三十字軍の英雄。

一〇〇　ベルゼブス　新約聖書の中で、悪魔の頭とみなされたものの名。

一〇一　ノエル　クリスマス。

一〇二　タルチュフ　モリエールの書いたフランス喜劇の傑作。タルチュフは、悖徳《はいとく》の典型として永遠にのこされている。偽善者の別名ともなる。

一〇三 オレミュス　祈禱《きとう》。
一〇四 A LA MUSIQUE　音楽の方へ。
一〇五 シャルルヴィル　ランボオの生地。
一〇六 ファイフ　木で作った小さな笛で、鋭い音を出す。
一〇七 フラマン人　ベルギー人。
一〇八 オナイング　地名。からしやシコレやパイプの産地。ここではパイプの義。
一〇九 マロニエ　街路樹に用いられるトチ科の植物。
一一〇 ヴァチナ　短い単純な独唱。カバチーナ（イタリア語）。
一一一 セザール　ここではナポレオン三世をさす。
一一二 チュイルリの花々　廃宮になっていたチュイルリ宮を、ナポレオン三世の居城とした。そこの花々。
一一三 サン・クルード　一八七一年に独軍によって焼かれた古い居城のある場所。セーヌ河岸ヴェルサイユに近い所。
一一四 ザールブルック　普仏戦争の最初の戦い（一八七〇年八月二日）のあった所。
一一五 サンチーム　一フランの百分の一。
一一六 アルモル　ブルターニュの古名。
一一七 オリヴィエ　エルサレムの近郊、イエスがその死の前日祈りに行った場所。すなわちオリヴィエで泣いているものは、イエスのこと。

解説

ランボオ——人と作品

ジャン・アルチュール・ランボオ（Jean Arthur Rimbaud）は、一八五四年の十月二十日に、フランスの北西、ベルギーの国境に近いシャルルヴィルという町で生まれた。シャルルヴィルは、シャルル三世がつくった、中世風な古い建物の残っている町だ。彼が生まれた年は、日本の年代にすると、安政元年にあたり、彼が死んだ年、一八九一年は、明治二十四年になる。わずか三十七年の短い生涯であった。彼の父は軍人で歩兵大尉、母は百姓の出で、おおまかな性格の父と、質実で、どっちかというとひやっこい母とは、ぴったりとはゆかなかった。父母のあいだには、五人の子供があった。兄のフレデリックとアルチュールと、姉ヴィタリーと妹娘のイザベルなどである。母親は、ついに自分から見切りをつけて、三人の子供を連れて、シャルルヴィルのブルボン通りにある古ぼけた住居に引きこもったが、そこで二番目の娘イザベルを産んだ（後年になって、アルチュールが、当時まだ未開であった東アフリカの瘴癘《しょうれい》の地をさまよい暮らしたあげく、健康をひどくいためて、半死のからだでやっとマルセイユの港にたどりついた時、肉親の愛に駆られて、シャルルヴィルから駆けつけ、その死までみとったのは、そのイザベルである）。

狂信的なカトリック信者で、剛情で、口やかましい、情味に欠けた母のもとで、フランス流の詰めこみ主義の小学、中学の教育を受けた彼が家庭に対しても、学校に対しても、反発的であっても、不思議なことではない。並みはずれて鋭敏で、痛いほど繊細な彼の感受性を作りあげたものは、むしろこの調和のとれていない、冷たい家庭の空気であると考えられる。そのみじめなおもいの幼年時代を追懐して書いた情感に満ちた詩篇、「七歳の詩人たち」や「びっくりしている子供たち」などをみると、それがよくわかる。

しかし、一八六四年、シャルルヴィルの中学校にはいった彼は、すばらしく優秀な生徒であった。ラテン語の詩をはじめ、すべての課目をマスターして、しばしばアカデミー・コンクール賞を獲得し、教師たちや、母にものを言わせなかった。彼の中学に赴任してきた若い教師イザンバールは、この少年の異常な資質をすぐさま見抜いて、教室外で、時代の新しい知識を注ぎ込んだ。新しい視野が彼の前にひらけ、彼は、文学と革命思想との魅惑から、詩人になることを自分の天職と考えるようになった。

一八七〇年、彼が十六歳の年の八月、ランボオは、あこがれのパリに出奔した。しかし、パリの東停車場《ガール・ド・レスト》に着くやいなや、逮捕された。懐中無一物の浮浪者としてであった。恩師イザンバールからの旅費の送金で彼はシャルルヴィルに逆戻りすることになった。それから二十日もたたないうちに、ふたたび家を抜け出し、野宿をしたりしながら、今度はブルッセルに向かった。この旅もさんざんな結果だったのに懲りもせず一八七一年二月、またパリに行った。その時は、ちょうど普仏戦争が終わり、籠城百三十二日でパリが陥り、戦後の混乱の中で国民の不平が高まり、いまにも爆発しそうな空気であった。三月十八日、暴徒たちが蜂起《ほうき》してパリを占領し、略奪破壊をほしいままにした。パリ・コンミュンとそれをよんでいる。

革命家の夢を打ち砕かれて故郷に帰ってきた彼は、はじめて腰を入れて詩作に専念し、在来の詩の破壊と、新しい感覚による、未曾有《みぞう》なリトムを創造する別の革命に賭けた。同年の秋、またもや彼はパリに出たが、今度は、詩が目的だった。彼が詩を書き始めにむさぼり読んだのは、ユーゴーであり、当時のフランス詩壇の主流をなしていたパルナシアンの諸詩人の作品であった。パルナシアン詩人のテオドル・ドゥ・ヴァンヴィルあての手紙に、

「敬愛する先生……あらゆるすぐれたパルナシアンを私は好みます。それというのも、詩人たるものはことごとく、パルナシアンであってしかるべきだからです。……もし先生が、私の作品『太陽と肉体』をパルナシアン誌のどこかのすみっこへでも載せてくださいましたら……云々」

とあるのでも、その熱意のほどが知れる。ランボオ少年の詩が掲載されるとまっ先にそれを認めたのは新傾向の象徴主義の詩人ポール・ヴェルレーヌであった。パリに出たのも、彼の再三のすすめによるものだった。ヴェルレーヌは、驚喜と賛嘆をもって、わが家に、この少年を迎え、ヴァンヴィルや、ユーゴーをはじめ、当時の詩壇の大家連のもとに連れ歩いた。

ランボオが、ヴェルレーヌに伴われて、ベルギーへの旅に出たのは、十八歳の春であった。十九歳の一月、ロンドンにあったヴェルレーヌのもとを尋ねたが、その時すでに二人のあいだには破綻《はたん》のきざしが見え始めていた。放蕩と飲酒でくずれた、

心のやさしい叙情詩人のヴェルレーヌといっしょに、ロンドンの街を彼はさまよい歩いた。そのころの彼の生活は、麻痺剤《まひざい》ハッシシュ（インド大麻）を用いたり、深酒をたしなんだりして、手もつけられなかったばかりでなく、ヴェルレーヌとのあいだの変態な同性愛の結果が、ヴェルレーヌをして、新婚の妻との離別を余儀なくさせ、ついに、このような成算のない、あてずっぽうな放浪生活ということになったのであった。

その年の七月十日、ベルギーのブルッセルの宿で、ランボオは、その生活につくづく嫌気がさし、ヴェルレーヌに決別を宣告した。絶望のあまりヴェルレーヌは、拳銃を発射し、彼の左の手に負傷させた。そのため、ヴェルレーヌは投獄され、彼は、シャルルヴィルに帰った。少年の彼のこころをとらえた詩も、頂点を見きわめた人のように、もはや、捨てても悔いがなかった。人生の出発の年齢の二十歳の若さで、はたしてそんなことがありえようかとだれしもが疑うだろうが、彼の特殊な場合がなりたつほど、当時のフランスの文化の伝統が深く、程度が高いものであったことをあわせて考えに入れてほしい。天才的な民族といわれるフランス人の中には、しばしばこうした早熟児が生まれるのを訳者も見聞して知っている。パリへ出てきた当時のランボオ少年は十八歳で、だれもひらいたことのない岩穴の宝庫をひらき、不朽の名作「酔っぱらいの舟」や、Ａは黒、Ｅは白、Ｉは赤、Ｕは緑、Ｏは青の幻想的な感覚の世界を表現した「母音」など、強烈なアブサン酒や、ハッシシュの刺激の中にとらえた作品は、世界の詩芸術の将来の指針となるにいたった。奔流する詩想は、次第に定型の詩の形式を破って、彼一流の凝縮され、複雑な光芒を放つ宝石のつきせぬ鉱脈のような散文形式「イリュミナシオン」や、「地獄の季節」のようなものになっていった。彼が二十年の短い期間に成し遂げたものは、一世紀をかけて、時代が収穫する以上のものであった。彼としては、文学としての詩は、もう終わったのである。

ブルッセルから故郷のシャルルヴィルに帰ると、書き上げたばかりの散文詩「地獄の季節」の一部分を、燃えている暖炉の中に投げこんでしまった。いわゆる詩人ランボオの生涯はそれで終わったが、あとの半生は、その詩を行動するために残された。一八七三年の十一月、彼はまだ、パリにいたが、もはや、昔の文学仲間に出会って、文学について、詩について話しかけられても、不機嫌に黙りこむか、軽蔑《けいべつ》的な一瞥《いちべつ》を投げてその場を立ち去るかであった。それから一年ほど、英語をマスターするためにイギリスに滞在したあとで、本格的な放浪生活が始まった。当時の詩人、テオフィル・ゴーチェや、ルコント・ドゥ・リル、ランボオが傾倒していたシャルル・ボードレールもそうであったように、彼も、東洋に大きな関心をもっていた。一八七六年、オランダの植民地であったジャバ島にわたった。そこに二年ほどいて一度もどってきた彼は、再度、イタリア沿岸添いのアレクサンドリアにわたり、アラビアの南端の古い都のアデンに出て、そこで、フランス人の経営する某商会の店員となった。エチオピアとの交易のために、しばしば隊商をひきつれて、アフリカの奥地へ旅立つことになる。

アフリカは当時まだ、まったくの暗黒大陸であった。猛獣と蛮族の襲来におびやかされ、酷暑と瘴癘を耐えて、進まねばならなかった。ランボオは、詩に挑んだ時と同じような勇敢さで、新しい障害にぶつかっていった。彼をそんなにひきつけたものは、見知らぬ土地への好奇心だけではなかった。彼ひとりの手で、冒険をおかして、好戦的な土民たちに銃を売りつけたり、おびただしい象牙の取引きをしたりして、巨万の富を得ることが彼の情熱を沸き立たせ、そのためには、心身のどんな苦労をもいとわなかった。彼は、辛苦のすえアフリカのハラルに自分の店を持ち、その店が繁盛するようになって、八万フランほどの金貨を手に入れることができた。

一八九一年、いよいよこれからという時になって、積年の無理な生活による極度な疲労と、不健康な風土が、彼の体を、ふたたび立ちあがれないほどにしてしまっていた。彼は、その病気をも征服してみせようと、無視して働き続けたが、それがいっそういけなかった。山地のハラルを板子に乗せて、アデンまで連れてこられた時は、もはや、とり返しのつかない容態になっていた。

私は、骸骨と同じ姿になった。見たものはだれでも竦然《ぞっ》とするだろう。背の皮は、床ずれでべろべろに剝け、一分間の安眠もえられない。

と、アデンの病院での日誌にしるしている。マルセイユに運ばれた彼は、医師から、くずれた右脚を切断するように申し渡された。報を聞いて、故郷のシャルルヴィルから、妹のイザベルが駆けつけた。彼女は、家を捨てて、ろくろくたよりもしなかった兄を、肉親の深い愛情で抱きとり、一八九一年十一月九日、三十七歳で永眠するその時まで、日夜つききりで彼を看護した。すっかり気の弱くなっていたランボオは、彼女の懇切な願いをしりぞけかね、生涯、反逆し、または無縁で過ごしたキリスト教の神の前にはじめて跪き、拒否し続けてきたカトリック教の聖体拝受を司祭から受けて、信徒となった。ふしぎな話のように思えるが、司祭側から言えば、それは神のてきめんな勝利であるが、はたしてランボオは臨終にのぞんで、神の恩寵によって死の最後の一跨ぎに力を貸してもらいたいと思ったのか、すべてのことがどうでもよくなって、自己を放棄したい心境になっていたのか、十九世紀的な無神論に徹した自分の生涯までも、憫笑するつもりだったのか、あるいは、肉体の苦しみの限度が彼の精神を無力にさせたのか、ラテン人の伝統の敬神的な血がなせるわざか、それは、人の判断の自由に任せるよりほかはない。

彼の放浪の足どりを少ない紙面をさいて、ややくだくだしく述べることは、彼の人間を理解する手がかりとして重大なことだと思ったからだ。彼の詩ほど、彼の人間となまなましく血肉を通わせあったものを他に見ないからである。天体や、自然の運行とともに瞬間瞬間が新しく、光り輝いているような人間のありかたを求めて、ランボオは、それを手に入れるために、彼の青春のあらゆるものを犠牲にした。家庭も、安定した職業も、平和な生活の夢も、最後には、唯一のてだてであった詩さえも、弊履のごとく踏みすてた。それまでにして彼が、生きつくした人生は、三十七年の短さで、エクサントリックな光芒《こうぼう》を放って燃えつきてしまった。幾世紀かがその光のめざましさを望見できるように。

「ランボオ詩集」について

訳者がランボオの詩の翻訳を手がけたのは、二十代の時のことであった。ランボオの他に、ボードレールの『悪の華』、ルコント・ドゥ・リルの『未開詩集』、ホセ・マリア・エレディアの『トロッフェ』、テオフィル・ゴーチェの『七宝とカメオ』などを、自分の勉強のためだけに、省略なく、全部訳してみた。語学力の未熟ばかりでなく、詩の語彙《ごい》も豊かでない訳者は、原詩の俤《おもかげ》をゆがめてみすぼらしいものにした罪を感じないではいられない。発表のつもりもなかったので、誤りは誤りのままながく捨てておかれた。爾来、五十年、ランボオの名は、光り輝いて、日を経るに従って、いよいよ新たに、若い芸術家の血肉をつくりつづけている。昨日の花がみるかげもなくしぼんでゆく変転の世相のめまぐるしさの中でまことにそれは稀有《けう》なこととい ってもいい。したがって、新しい解説者、新意義の発掘者は年々に絶えないし、完全に近い訳業も一つ二つではない。本訳詩集を補筆修正して出すに至った理由は、もともと訳者が、自分の詩業の糧として訳したこの仕事が、同じ意図をもつ人たちの参考になりはしないかということと、同時に、まったくの詩のしろうとの人たちにわかりやすい訳しかたをしたということにある。

マラルメや、ヴァレリーとまた違った意味で、ランボオの詩は、難解な詩というふうに宣伝されすぎた嫌《きらい》がある。「母音」の詩や「酔っぱらいの舟」のような、異常な感覚や、幻想の詩が、彼の天才的な生い立ちや、ヴェルレーヌとの劇的なかかわりあいといっしょに伝説化されて人の口の端にのぼるわりあいに、彼の詩と本気で取り組むものは限られていたようだ。彼の存在を蔽うている伝説の霧をはらい、先入観を捨て去ってから臨むならば、彼の作品は、そんなに謎めいたものにみたされているわけではない。彼がハッシシュや、アブサン酒で泥沼の中を這い廻っている時書いたとおぼしい作品でも彼の作品がフランスの合理性に貫かれていて、そこに神秘や、一点のまやかしもないことに気づくはずである。それに少なくとも、彼の死後七十年の今日、物理学の法則を無視したような多角的な表現方法の謎は、ほとんど解きつくされているはずである。とりわけ、初期の作品には、やわらかい叙情の詩が多く、他の詩もブルッセルや、パリのあいだを放浪したあいだの路すじのできごとや、そのときどきの気ばらしや、即興といったふうなものが多い。彼の詩が合理性で貫かれていると言ったが、そのうえに、彼の描写は、あくまでリアリズムで、人物の細描や、行動の発展など、克明をきわめ、それがみな、いきいきと躍動している。パルナシアンの影響もあったろうが、十九世紀風な空気の味が滲み出ている。「びっくりしている子供たち」「教会に集まる貧しい人々」「谷間に眠るもの」「泡のなかから生まれたヴィナス」「小説」「こまっちゃくれた娘」などに、それをみることができる。

作品を分類すれば「七歳の詩人たち」「みなし児たちのお年玉」のような、彼自身の幼時の不幸を追懐した、やさしい叙情詩からさきに挙げた「教会に集まる貧しい人々」が代表する、みじめなものへの共感と、教会や、信心深い家族たち、ひいては、俗物どものはびこる世間への呪詛や憤りをこめた、おそらくユーゴーあたりの影響の強いヒューマニスティックな作品を通って、「鍛冶屋」や「巴里蕃息」のような、革命への若い情熱を傾けた作品の一群に連なる。このころのランボオは、詩への情熱が、貴族に代わって鼻持ちのならない成金連がはばを利かせている当時のみにくい社会を、下層民の反乱によって浄化する破壊的行動にそのまま溶けこんでゆかずにはいられない正義感と、若者らしい夢に駆られていた。革命側の勝利をいちずに信じて、三度のパリ出奔を敢行し、パリ・コンミュンへの参加を目ざしたが、血の一週間が過ぎて完全に革命は敗退し、彼自身の夢もずたずたになった。

彼の本格的な詩への挑戦がその時から始まった。彼の独自なサンボリズムを打ち立てるために、大作「酔っぱらいの舟」の構想にかかった。「酔っぱらいの舟」は、韻文で書かれた彼の作品の頂点を示すものであろう。彼の想像と、幻想の中から生まれた海洋は、それ自身の血肉をもって、現実の海洋に拮抗し、それもより奥深いものにしようとした。このような、不可能を可能にする試みに自分を賭ける生きかたは、危険きわまるもので、いったん可能の目星がついた瞬間から、魅力は失われ、顧みる価値のないものとなるのはむしろ、当然すぎる経路かもしれない。彼が、文学と、その成功を自分で踏みにじったのは、文学による彼の可能性の限界を見極めたと思った瞬間から、それがしらけわたってみえたからであって、デカダンな生活への自己嫌悪とか、文学上の敗北とかとみるのはまちがっているようだ。若気のいたりで文学の魅力の囚虜《とりこ》となり、常識に立ちもどって、おこりがおちたようにけろりとなって、正業につくという、よくある、世間の蕩児らの例と同日に論じることはできないであろう。その証拠は、彼がみずから求めたその後の彼の険しい賭の人生を考察する時、彼が少しも変質していないことを知らされる。

『イリュミナシオン』『地獄の季節』等に収められた散文詩ははぶいて、この詩集に収められたものは、ランボオの韻文をもって書いた詩だけに限った。ランボオを知るうえには、必ず、『地獄の季節』等の散文詩を併せ読んでほしい。韻文で書かれた詩は、少年の初期の作品から、放浪時代の作品、それから彼の作品の巻軸となる、彼として達成された詩「酔っぱらいの舟」や彼の感性の限度を示す「母音」など、ほぼ、遺漏なく全作品をとりあげたつもりだ。ランボオの特別な研究家でもなく、かつ、なまけものの訳者のことだから、読者からも、いろいろ注意されたり教えられることも多いと思う。

ランボオの作品のもっている混沌は、解明されつくせない未知と未来の光芒に包まれていて、彼の死後七十年、今日の最も生きのいい芸術家たちにすら、新しい啓示と、指嗾《しそう》を与えつつある。ランボオが、アフリカをさまよっていたるすに、すでにパリでは、ランボオ熱が高まり、彼のファンの文学青年たちが彼を師と仰いで、自分たちの文学体系を立てようと夢中になっていた。彼が最後の冒険事業の拠点ハラルにいた時一友人が、手紙でそのおもむきを知らせてやったが、彼は、ほとんどこころを動かそうとせず、読み捨てたその手紙を、屑籠にぽいと投げこんでしまった。しかし、ランボオのティンエージュのあいだにした仕事は輝き続け、象徴主義の時代が過ぎてはるか現代に至るまで、その影響と、刺激のもとに、多くの有力な詩人たちを生んだばかりでなく、シュルレアリスムや、その他の前衛芸術に、彼の計算にはなかったような結果を引き出している。それもまた、前例の少ないことだろうと思う。

最後に、この翻訳については、古い訳の原型に、その後出た立派な訳の数々を参照していろいろ教えられ、誤謬を訂正などして、なんとか完全なものにしたいと努力したが、本来の鈍根と教養の不足で、満足なものにはならなかったことをおおかたにお詫をする。なお、将来の新鋭の人たちによって、より、立派な訳の出ることを望んでいる。

訳者

目次

第一詩集

本書は『イリュミナシオン　ランボオ詩集』（角川文庫、一九六九年）を底本とし、再編集したものである。

作品のなかには差別的表現と捉えられかねない語句を含むものもあるが、発表された年代の状況に鑑み、原文通りとした。

著者略歴

アルチュール・ランボオ Arthur Rimbaud

フランスの代表的詩人。一八五四年北フランスに生まれる。十六歳にしてすでに第一級の詩を著したが、七四年以降は各地を放蕩、八〇年には貿易商人として生活を営んだ。九一年、三十七歳で他界。

訳者略歴

金子光晴〈かねこ・みつはる〉

詩人。一八九五年、愛知県海東郡越治村に生まれる。早大、東京美学校、慶大をいずれも中退したのち、詩作を始める。『こがね蟲』(一九二三年)の出版で詩壇に認められる。二八年には妻であり作家の森三千代とともに日本を脱し、アジア、ヨーロッパを放浪した。詩集に『落下傘』『蛾』『鮫』など。七五年没。

イリュミナシオン
ランボオ詩集

アルチュール・ランボオ著
金子光晴訳

二〇二〇年七月三一日
初版第一刷発行

装釘 鈴木哲生
編集 中村外
印刷 日本ハイコム株式会社
製本 加藤製本株式会社
発行 合同会社土曜社
〒一五〇-〇〇三三
渋谷区猿楽町一一-二〇-三〇一
www.doyosha.com

ロルカ詩集　長谷川四郎訳

20世紀スペインを代表する詩人、ガルシア・ロルカ。アンダルシアの風土に独自の詩的イメージを開花させた詩を多数収録。実在の闘牛士の死を悼んだ「イグナシオ・サーンチェス・メヒーアスを弔う歌」のほか、「ジプシーのロマンス集」「タマリット詩集」より抜粋し訳者が編み直した。長谷川四郎による軽快な翻訳。

マヤコフスキー　ズボンをはいた雲　小笠原豊樹訳

戦争と革命に揺れる世紀転換期のロシアに空前絶後の青年詩人が現れる。名は、V・マヤコフスキー。「ナイフをふりかざして神をアラスカまで追い詰めてやる！」と言い放ち、恋に身体を燃やしにゆく道すがら、皇帝ナポレオンを鎖につないでお供させる。1915年9月に友人オシップ・ブリークの私家版として1050部が世に出た青年マヤコフスキー22歳の啖呵が、世紀を越えて、みずみずしい新訳で甦る。

ヘミングウェイ　移動祝祭日　福田陸太郎訳

――もしきみが幸運にも青年時代にパリに住んだとすれば、きみが残りの人生をどこで過そうともパリはきみについてまわる。なぜならパリは移動祝祭日だからだ。1920年代パリの修業時代を描くヘミングウェイ61歳の絶筆を、詩人・福田陸太郎の定訳でおくる。

ボーデイン　キッチン・コンフィデンシャル　野中邦子訳

CIA（米国料理学院）出身の異色シェフ（なにしろ2冊の傑作犯罪小説の著者でもあるのだ）がレストラン業界内部のインテリジェンスをあばく。2001年に初版が出るや、たちまちニューヨーク・タイムズ紙がベストセラーと認定し、著者は自分の名を冠したテレビ番組のホストという栄誉を得（その後離婚と再婚もした）、料理のセクシーさに目覚めた（血迷った）読者をしてかたぎの職場を捨て去りコックの門を叩かしめた（という実例を私は知っている）、男子一生の進退を左右してやまない自伝的実録。

フランクリン自伝　鶴見俊輔訳

植字工として世に出たフランクリンは、持ち前の植字・印刷術と文筆の力量をもとに印刷業から新聞・出版へと事業を広げ、さらに社会改良に乗り出していく。人任せを嫌い、実務をいとわぬ「善きアメリカ人」の母型を伝える18世紀の古典を、弱冠15歳で渡米し、戦前の米国を知る数少ない哲学者・鶴見俊輔の翻訳でおくる。